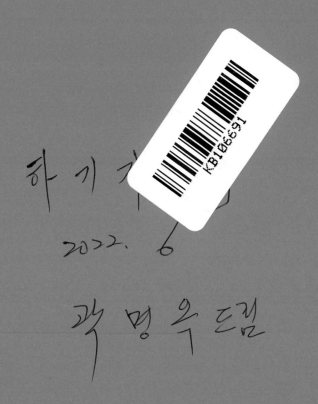

하기기

KB186691

2022. 6

곽 명 옥 드림

그 초록을
다시 만나고 싶다

곽명옥 수필집
**그 초록을
다시 만나고 싶다**

인쇄 | 2021년 1월 25일
발행 | 2021년 1월 30일

글쓴이 | 곽명옥
펴낸이 | 장호병
펴낸곳 | 북랜드
　　　　06252 서울 강남구 강남대로 320, 황화빌딩 1108호
　　　　대표전화 (02)732-4574, (053)252-9114
　　　　팩시밀리 (02)734-4574, (053)252-9334
　　　　등록일 | 1999년 11월 11일
　　　　등록번호 | 제13-615호
　　　　홈페이지 | www.bookland.co.kr
　　　　이-메일 | bookland@hanmail.net

책임편집 | 김인옥
교　　열 | 배성숙 전은경
영　　업 | 최성진

ISBN 978-89-7787-980-5 03810
ISBN 978-89-7787-981-2 05810 (E-book)

값 14,000원

그 초록을
다시 만나고 싶다

곽명옥 지음 | **김종** 그림

북랜드

새로운 무엇을 잉태하여 탄생시키는 것은
인고의 과정이다
첫아이를 낳을 때도
둘째 아이를 낳을 때도 별을 보았다
아이를 순풍 낳는 산모가 부러웠다.

내게 수필을 왜 쓰느냐고 질문을 던진다면
지나온 시간을 글로 남기고 싶어서
누름돌로 눌리기만 했던 내 안의 나와 이제는
소통하며 어깨동무로 함께 가고 싶다

삶의 굴레에서 두텁거나 얕은 인연에게
원망하고 미워했던 마음을 감성이 담긴 글로 화해하고 싶다

그래서 노을 앞에 감사한 마음으로 기도하는
만종의 농부가 되고 싶었다.

한 권의 책이 탄생되는 과정은 녹록지 않았다.
여러 권의 책을 낸 선배 문우님이 무척 부러웠다.

그동안 함께한 선배 문우님들과 가족의 격려에 힘입어
첫 아이 같은 책이 세상 나들이를 하게 되었다.
두렵게 내딛는 첫걸음에 한 사람이라도 공감해 준다면
수필을 선택한 나는 마냥 행복해할 것이다.

2021년 1월

곽영옥

| 차례 |

2부 목련꽃에 젖다

3부 아름다운 인연의 수채화

4부 케치칸의 연어

'남의 눈에 나지 말고 곱고 선해 보이게 해 달라.'
기도 끝에나 밥상머리에서 수없이 들어온 말이다.
타인과 어울릴 때는 미운 언행을 하지 말고
스스로 사랑받을 짓을 하라는 뜻이리라.

1부

너도 그렇다

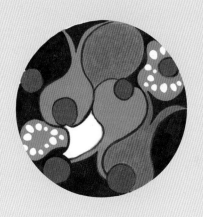

가볍게 살아가기

새해를 맞이하면서 새 수첩에 할 일을 꼼꼼하게 적는다. 연초마다 꼭 실천한다는 계획은 작심삼일이지만 올해도 또 계획을 세운다. 내 어깨를 짓누르는 모든 것들을 떨치고 가볍게 살고 싶어서다. 줄여야 한다는 것, 한정된 공간에서 자리를 차지하고 있는 물건들을 덜어내는 공간의 다이어트이다. 좋아서, 필요해서 들인 것들인데 벽과 코너도 모자라 심지어 계단까지 점령하고 있다. 나의 성격 탓이런가, 한번 맺은 인연은 잘 버리지를 못한다. 그러니 소유하고 있는 게 많을 수밖에. 영원한 내 것은 없듯 한계에 부딪히면 어쩔 수 없이 버려야 한다.

젊은 시절, 대구로 이사 오며 친정 엄마와 언니가 도와주러

온 적이 있다. 엄마와 언니가 집 밖에 버릴 물건을 쌓아 놓았다. 남편이 그 앞을 지나치며 "이건 쓰는 건데." 하며 들고 들어오고, 내가 가서는 "이건 꼭 있어야 하는데." 하며 들여놓았다. 몇 번을 들고 들어오니 버릴 게 없는 것이다. 그 광경을 보고 있던 언니가 어이가 없다는 듯 불쑥 한마디를 던진다. "이 집은 도저히 물건을 버릴 수가 없다." 한바탕 웃음이 터졌지만 부창부수의 습관이 좋은 것만은 아닌 듯싶다.

한번은 남편의 책상 위에 지저분한 종이를 치워 혼이 난 적이 있다. 그날따라 중요한 서류를 쓰레기와 함께 버린 것이다. 그 후로 버릴 물건은 한곳에 모아두었다가 한 달쯤 찾지 않으면 버리곤 하였다.

무성했던 나뭇가지에 비둘기들도 저마다 갈 길을 떠났다. 애지중지하던 물건들은 제 소임을 다 마친 듯 자리만 차지하고 있다. 나 역시 세월의 무게를 느끼면서 차마 버리지 못해 미련을 떨고 있다. 요만큼이라도 살가울 때, 필요한 또 다른 사람에게 나누면 선물이 될 수도 있겠다는 생각이 들었다.

장롱 문을 열면 와르르 쏟아질 듯 빼곡하다. 차곡차곡 쌓인 이불들이 한 치의 여유도 없다. 사계절 우리 식구들을 포근하게 잠들도록 해 준 이불들이다. 결혼 전에 아이들이 쓰던 두껍고 얇은 이불들은 주인이 오면 장롱 밖을 나와 제 소임을 한다. 나름 임자가 있는 이부자리이기에 자리를 지켜야 할 이유는 있다. 한 집에서 희로애락을 각축하며 살던 사연들이 내 미련을 붙잡지만 아이들은 이미 분가해 저들끼리 살아가고 있음에도.

세상이 변하듯 침구도 변한다. 실용과 편리함으로 가볍고 따스한 소재로 전문화된 디자인의 침구들이 쏟아져 나온다. 딸아이의 첫 이불은 두툼하여 자리를 많이 차지하지만, 의미를 생각하니 차마 버릴 수 없었다. 다른 것들은 눈을 질끈 감고 시골의 지인에게 한 보따리 싸 보냈다. 그럴 때마다 품고 있던 아이를 떼어내는 것 같아 마음이 짠했다. 가볍고 보온성이 있는 새것으로 바꾸니 장롱 안이 여유가 있고 홀가분해졌다. 눈에서 멀어지면 마음도 멀어지듯이 누구에게는 새것이 되고 요긴하게 쓰일 수 있다고 생각하니 오히려 편해졌다. 정들었던 물건들과 헤어질 때도, 사람과 헤어질 때처럼 마음의 정리가 필요하다는 것을 느낀다.

이제 시작이다. 주방에 탑같이 쌓인 그릇이며 옷장 안의 옷가지들, 신장의 묵은 신발은 또 얼마나 많은가. 남편, 아이들과 함께했던 정든 것들을 하나하나씩 정리하리라. 아파트의 모델 하우스같이 여백이 있는 공간에서, 이참에 마음의 여백도 두고 싶다.

향기와 만나는 봄
G.Bell

법정 스님의 〈무소유〉에서 "사는 동안 버리는 것은 모두를 버리는 것이 아니고 불필요한 것을 버리라는 뜻이다. 지금 가지고 있는 모든 것이 내 소유가 아닌 잠시 빌려 쓴다는 것, 그것은 물질과 정신적인 것을 모두 포함한다."고 말씀하셨다.

나는 지금 내 소유의 것을 버리는 것으로 마음을 비우는 용기를 실천하고 있다.

살아 보니 영원한 내 것이 없는 듯싶다. 내가 좋아하는 찻집 '비채'의 뜻처럼 비워야 채울 수 있는 자연의 이치를 몸소 깨닫는다. 다음 달에도, 내년에도 나와 가족을 위해 소임을 다한 것들을 감사한 마음으로 자리를 비워 주리라. 공간과 마음의 여백을 생각하니 단풍을 떨군 겨울나무처럼 마음이 가벼워진다. 봄 햇살에 노란 손을 펼친 개나리가 음표처럼 돋는 3월, 라디오에서는 요한 슈트라우스의 〈봄의 왈츠〉가 경쾌하다.

너도 그렇다
-개양귀비

요즘 개양귀비꽃의 아름다움에 빠졌다. 여름 꽃의 여왕 양귀비꽃은 예뻐서 키워보고 싶지만 진정이 과하면 마약이 되는 양면성을 지녀 마음대로 재배할 수 없는 아쉬움이 있다.

양귀비楊貴妃는 당 현종의 후궁이자 며느리로 중국의 4대 미인 중 한 명에 속한다. 총애가 깊어 꽃 이름이 붙여질 만큼 재주가 뛰어나고 남다른 미모를 지니고 있었기에 경국지색傾國之色이라고도 부른다.

단어의 앞머리에 '개'가 붙으면 귀한 것보다는 흔하고 친숙한 것으로 표현된다. 개양귀비는 관상용으로 꽃을 피우는 시기는 5월경이다. 요즘은 어디서나 쉽게 볼 수가 있어 친숙함을 더해준다. 그렇다고 해서 지천에 깔린 것은 아니다.

양귀비꽃을 처음 만난 것은 10여 년 전 인도를 방문하였을 때다. 호텔 로비의 큰 화병에 꽂힌 조화가 너무 곱고 예뻐 물었더니 양귀비꽃이라고 했다.

이후 실물을 본 것은 시골 삼촌 집 마당에 핀 몇 송이 꽃이었다. 단속에 걸린다는 주의를 들었지만 이쯤이야 싶어 두 포기를 뽑았다. 정성스레 집 화분에 옮겨 심었지만 집 가림을 하는지 시들어 죽고 말았다.

이맘때면 집에서 가까운 가창 D 갤러리에 가끔 들른다. 지인이 운영하는 곳으로 해맑은 성격의 안주인이 좋고, 경관이 아름다워 휴식이 필요할 때 한 번씩 찾는다. 오뉴월 초록이 가득한 정원에 유난히 돋보이며 팔랑이는 개양귀비꽃이 나를 반기듯 활짝 피어있다.

직업은 못 속이는지 초록이 아닌 녹색 치마에 홍색 저고리를 입고 자주 고름으로 단장한 여인네의 모습으로 보인다. 얇은 꽃잎의 하늘거림은 곱게 짠 명주처럼 결이 곱다. 자연의 빛으로 물든 탁하지 않은 다홍색, 주홍색, 노란색의 꽃잎이 살포시 열리면 샛노란 씨방을 둘러싼 자주색 꽃술이 우리나라 전통의 삼회장저고리 같다. 줄기와 이파리는 보일 듯 말 듯한 연한 연둣빛 솜털로 정제된 녹색 치마가 되어 환상의 한복 궁합을 이룬다.

꽃이 피기 전에 꽃대는 다소곳이 아래를 향하고, 필 때는 위를 향하는 모습은 보는 사람으로 하여금 겸양미덕을 갖춘 여인네 같다.

온몸에 송송 가시가 돋아 누구도 섣불리 근접할 수 없는 경고 같은 것, 눈으로만 바라보라는 뜻이 아닐는지. 개망초나 갈대처럼 무리 지어 흔들리는 것도 아름답지만, 몇 송이 할랑거림은 외유내강을 겸비한 심지 곧은 여인네의 사랑 같다.

그리스 신화에 등장하는 곡물과 대지의 여신인 데메테르 Demeter가 저승의 지배자인 하데스Hades에게 빼앗긴 딸 페르세포네Persephone를 찾아 헤매다가 양귀비를 꺾어서 스스로 위안을 받았다고 하는 것처럼 그 매력은 누구에게나 사랑받을 만하다.

엄마가 우리 오 남매를 키울 때 우리에게 자주 하신 말씀이 있다.

'남의 눈에 나지 말고 곱고 선해 보이게 해 달라.'

기도 끝에나 밥상머리에서 수없이 들어온 말이다. 타인과 어울릴 때는 미운 언행을 하지 말고 스스로 사랑받을 짓을 하라는 뜻이리라. 나도 내 아이들에게 그렇게 살라고 가르친다.

너도 그렇다.

달밤

보름달은 한없이 푸근하고 관대하다. 둥근 달을 보노라면 풍요로운 낭만도 있지만, 마음이 울적할 때는 누군가 잔잔한 그리움으로 다가온다. 오늘같이 병실의 침상에 누워 가슴 한구석이 허전한 날은 환한 달빛에게 푸념이라도 하며 기대고 싶어진다.

얼마를 잤을까, 살며시 눈을 떠 보니 누런 들판에 노을이 지고 도시의 불빛이 하나둘 불을 밝힌다. 마취의 찌꺼기에 취해 다시 잠이 들었나 싶다.

오랫동안 내 몸에서 함께한 담석을 고통이 오기 전에 미리 제거하기로 하여 날을 받았다.

병원 가는 길, 국우터널을 지나자 단풍이 지천으로 물들었다. 마치 가을여행을 떠나는 착각에 잠시 들뜬 기분이다. 야산에는 색 고운 단풍과 길옆 논에는 누렇게 익은 벼가 풍요로움을 더해 준다. 병원 뜰에도 가을이 와 있다. 넓은 터에 잘 지은 건물은 쾌적한 환경으로 예민한 환자의 마음을 편안하게 해준다.

입원 수속을 마치고 환자복으로 갈아입으니 환자가 된 기분이다. 오후부터 금식이라며 한쪽 팔의 핏줄에 링거가 꽂힌다. 운 좋게 전망 좋은 남향 창가에 입원실을 배정받으니, 누워서도 가을을 느낄 수 있어 기분이 좋아지기도 한다. 나 때문에 대구에 내려온 아들을 서둘러 서울로 보내고 나니 마음도 홀가분하다.

수술은 내일이라 오늘은 편히 쉬기로 한다. 무료할까 봐 챙겨온 책을 뒤척이며 잠도 실컷 자겠다는 여유도 부려본다. 막상 침상에 누워 책을 보려니 한쪽 팔에 링거가 꽂혀있어 영 자유롭지가 않다. 쓸개도 빼기 전에 피식 웃음이 나온다. 몇 시간 시름하는 동안 단풍으로 곱게 물든 산허리에 커다란 해가 걸리고 긴 산 그림자는 황금 들판까지 내려앉았다. 도움을 주려고 찾아온 언니도 서둘러 보내고 나니 마음도 붉은 노을로 물들어 간다. 황홀한 시간은 왜 그리도 짧은 것인가. 낮에 대지를 달군 열기도 어두워지면 까만 습기 속으로 사라져 간다. 까만 하늘에 별이 하나둘 돋고 참선할 수 있는 안식의 시간이다. 저녁밥도 금식이니 낮에 뒤척였던 몸을 가지런히 눕히고 내일 수술을 위해 잠을 청한다.

다음 날 오후 침대에 누운 채 수술실로 실려가니 삶도 한순간, 죽음도 한순간이다.

'죽음은 모든 것을 지우고, 다시 태어나면 새로이 한 생을 시작하지만 잔재는 남아 있다.'는 스님의 말씀이 스쳐 지나간다. 그 잔재가 업이라 생각하니 잘못한 것만 생각나 마음이 무거워진다. 마취에서 깨어나지 못하면 어쩌나 하는 걱정까지 가세 한다. 멀지 않은 수술실까지 가는 동안 내 생각은 우주를 한 바퀴 돌고도 남은 것 같다. 애써 또 웃는다.

흔들어 깨우듯 희미하게 들리는 목소리에 눈을 떴다. 하얀 가운의 간호사가 내려다본다. "수술 잘됐어요. 운동도 하고 내일 퇴원하시면 됩니다."라고 한다. 복강경이라 배에 세 개의 상처를 거즈로 덮고 복대를 단단히 감아 놓았다. 발달한 의술에 비하면 수술 전 내 기우가 너무 무거웠다.

어느덧 통유리 너머로 달빛이 포근하게 스며들고 나를 내려다보고 있다. 흩어진 내 모습을 들킨 듯하여 얼른 이불을 끌어 당겼다. 열나흘 상달을 보노라면 파란 하늘에 둥실 뜬 둥근 달 안에 계수나무는 가슴 속의 남편처럼 뚜렷하다.

달에게 질문하다
G. Bell

어제 읽은 김이율의 「마음한테 지지 마라」에서 읽던 아름다운 문구가 달처럼 떠오른다.

"인간에게는 가장 무서운 병이 있습니다. 가슴 한구석에 있는 작은 근심입니다. 그에게서 따스함을 느끼고 그가 사라진 다음에도 온기가 느껴진다면, 당신은 이미 사랑 그 자체입니다. 가까이 있어도, 멀리 있어도 그는 이미 당신 것입니다."

이 글귀가 내 마음인 양 나의 속내를 모두 알고 있다는 듯, 달은 내게 따뜻한 위안과 포근함으로 내려다보고 있다. 이 또한 인연의 고리가 이어져 있기에 서로가 느끼는 감성이리라. 달빛은 병실의 음랭한 기운도 구석구석 비추며 내 상처와 온몸을 쓸어주며 감싸준다. 나는 또 웃는다. 히죽이죽.

돌탑

언제부터인지 돌탑을 들여다보는 여유가 생겼다. 산길을 오르내리는 사람들이 크고 작은 돌들을 주워 길옆 편한 곳에 쌓아 올려 탑을 이룬다. 돌을 쌓는 이유는 산길을 걷기 좋게 치우려는 것이거나 정성과 소망을 담아 쌓아 올리는 것이다. 누가 보아도 좋은 뜻이 담겨 있을 거라고 여겨진다. 돌을 치워 말끔한 길을 만들었다면 남을 배려하는 마음일 것이며, 돌탑을 쌓는 데 목적을 두었다면 나름 간절한 염원을 담았을 것이다. 석공의 정교한 손길로 다듬어진 탑보다 민초들의 공덕이 모인 듯하여 조촐하고 아담하며 보기에도 편안하다.

세 번을 다녀온 봉정암은 백담사에서부터 도보가 시작된다. 다리를 건너면 계곡의 물소리가 들리고, 웅장한 바위 아래 금방 캐낸 감자 같은 탐스런 몽돌들이 여기저기에 널브러져 있다. 물과 바람이 스쳐간 세월 속에 둥그러진 돌로 쌓인 크고 작은 돌탑들이 고요한 선정에 든 부처처럼 계곡물 흐르는 소리에도 한 점 흐트러짐이 없다.

물이 넘쳐 쌓아 올린 공덕이 무너져 버릴까 봐 걱정을 하니, 또 쌓으면 된다는 도반의 넉넉한 대답은 편안하고 여유롭다. 멀고 험하게만 생각되던 봉정암 길이 훨씬 수월하게 느껴진다. 대열에서 조금의 여유가 있으면 나도 작고 납작한 돌을 주워 부지런히 돌탑 위에 올려놓는다.

코로나19로 사람들의 발길을 묶어 놓으니 바쁘게 동동대던 나도 조금의 시간적 여유가 생긴다. 사람들과 어우러져 즐기던 모임도 뜸해지다 보니 요즘은 좋은 공기 마시며 운동하는 게 유일한 즐거움이 되어간다.

앞산 약수터로 가는 등산로 옆 공간에도 내 허리 정도 높이의 돌탑이 몇 개 있다. 전에는 바쁘게 오가느라 보이지 않던 것들이다. 마음의 여유를 갖고 걸으니 생각도 깊어지고, 머리로 가슴으로 행복했던 삶의 무늬들이 부딪쳐 오기도 한다. 누군가 쌓아 올린 돌탑이 왜 눈에 들어오기 시작했을까? 나도 식구들의 건강을 바라는 마음으로 산책할 적마다 돌 하나를 집어 올려놓고 가곤 한다. 선 채로 두 손을 합장하다가 어느

날에는 돌탑 앞에 무릎을 꿇고 정성을 담아 삼배까지 올렸다. 염원이 이루어진 것 같은 느낌이랄까, 묘하게 올라가는 발걸음이 가볍게 느껴진다.

다음 날 또 작은 돌 하나를 미리 주워 손에 들고 마음속에 담아놓은 염원 한 가지를 중얼거리며 돌탑으로 향했다. '아, 이럴 수가.' 어제 내가 얹어 놓은 돌과 그 아래 깔린 돌들이 함께 무너져 있는 게 아닌가. 그동안 사람들이 공들여 쌓은 염원을 내 부주의로 무너진 것인가 싶어 가슴이 철렁 내려앉는다. 누가 볼세라 주위를 살펴가며 조심조심 다시 쌓아 올린다.

돌탑을 어지간히 쌓아 놓고 아래서부터 위까지를 자세히 살펴본다. 큰 돌, 작은 돌, 납작하고 길쭉한 돌, 둥글고 모난 것들이 받치고 끼워져서 흔들림 없이 균형을 잡고 있다. 돌과 돌 틈으로 바람이 스치는 공간은 소통일 것이다.

사람이 살아가는 이치와 무엇이 다르랴. 어질고, 착하고, 둔하고, 까다롭고, 모나고, 까칠한 사람들이 어우러져 세상이란 하나의 공동체로 조화를 이루며 살고 있는 것이다. 저마다의 주어진 무게만큼 탑을 이루며 살듯 나 또한 탑 속의 돌이 되어 함께 살고 있음을 깨닫는다. 이제부터는 쌓인 탑 위에 돌을 올리기보다는 모자라고 빈 곳을 채우고 받치는 돌로 살아가리니.

엿장수 맘대로

계절이 바뀌면 시골 오일장에 한 번씩 들른다. 정리된 마트에서도 장을 보지만 가끔은 재래시장에 간다. 싱싱한 현지 농산물을 제철에 구입하기가 좋아서이다. 특히 저장할 마늘과 마른 고추, 참깨 등을 살 때는 꼭 재래시장에 간다. 물건을 사는 재미도 있지만 어릴 적에 시장 가까이 집이 있던 나는 왁자지껄한 풍경이 한 번씩 그리워서 시장을 찾는다. 금방 삶은 잔치국수나 뚝배기 장터국밥을 먹는 재미도 쏠쏠하다.

각설이로 둔갑한 부부의 춤사위와 신나는 장단에 맞추어 노래하는 엿장수의 익살과 수다에도 구수한 맛이 난다. 유년에 먹던 맛있는 엿을 떠올리며 팔아주기도 한다. 예나 지금이나 엿장수의 장단은 들썩들썩 신이 난다. 뚝딱뚝딱 금방 자른 노르스름한 호박엿에서 내 유년의 추억이 살살 녹는다.

　동네 어귀에서 멀리 들리는 엿장수의 가위 소리가 철컥철컥 점점 가까워진다. 가위 소리의 장단과 고물 가져 오라는 목소리만 들어도 어느 엿장수인지 짐작이 간다.

　엿장수의 가위는 소리를 내기 위해서인지 두 개의 손잡이가 어설프기 짝이 없다. 넓적한 직사각형의 날은 하나는 길고, 다른 하나는 짧아서 길이가 다르다. 엄지손가락 들어가는 구멍과 나머지 네 손가락이 들어가는 구멍의 크기가 같다. 나사도 엉성하여 곧 빠질 것처럼 야무진 구석이라고는 하나도 없다. 엿을 자를 때 쇠칼 등을 툭툭 쳐 주고, 철과 철이 부딪쳐서 소리만 크게 내기 위함이리라.

　처음에는 흰 무명옷에 엿 통을 목에 걸고 다니다가 진화된 게 바퀴 달린 리어카의 등장이다. 위에는 엿판을 놓고 아래 공간에는 고물들을 받아 넣는다. 고물이 모일 때가 되면 한 달에 한 번쯤 동네마다 번갈아 들른다. 엿장수가 오는 날은 달짝하고 쫄깃한 엿 맛 때문에 어른도 아이도 즐거운 오후가 된다. 가위 소리가 나면 집에 있는 식구들은 마당에 널브러져 있는 고물들을 주워 모은다. 부러진 놋수저와 구멍 난 냄비, 해져서 신을 수 없는 검정 고무신, 헌책, 무뎌지고 녹슬어 날이 망가진 호미와 낫, 비료 포대, 소주와 농약병 등 웬만한 고물은 다 쏟아져 나온다.

그날도 어김없이 호야네 마당 회나무 아래에서 들고 나온 물건의 흥정이 벌어진다. '엿장수 맘대로'라는 어원이 이래서 나온 듯싶다. 좀 더 달라고 애교 섞인 떼를 쓰면 인심 좋게 경계를 늘리기도 하고, 덤으로 한 점씩 더 떼 주는 후한 인심을 나누는 따뜻한 마음일 것이다. 지폐나 동전이 아니어도 어지간한 고물은 그야말로 엿장수 맘대로, 넉넉한 인정을 베풀어 후하게 쳐 주기도 한다. 그런 인심은 타고난 천심인 듯 훈훈하며 넉넉해 보인다. 한 동네에 두어 시간쯤 머물면서 미처 전해 듣지 못한 세상 물정도 알려주고 구수한 입담으로 온 동네를 웃음바다로 만든다.

요즘은 먹을거리가 넘쳐나는 세상이다. 60년대 시골학교에 다닐 때만 해도 학교 조회 시간이 길어지면 서 있는 것을 견디지 못하고 쓰러지는 학생들이 종종 있었다. 먹을 게 없었던 그 시절에 달콤한 엿은 아이들에게 훌륭한 간식거리였다. 달콤하고 쫄깃한 엿 맛의 유혹에 아직 쓸 만한 냄비도 낫도 바꾸어 먹다가 혼쭐이 나지만 어른들도 아이의 속내를 알기에 적당히 넘어가 주기도 하였다.

물질문명의 발달은 인간을 편히 살게 하는 데 있지만 물질도 먹거리도 넘치는 요즘 아이들은 귀한 것을 모르는 것 같

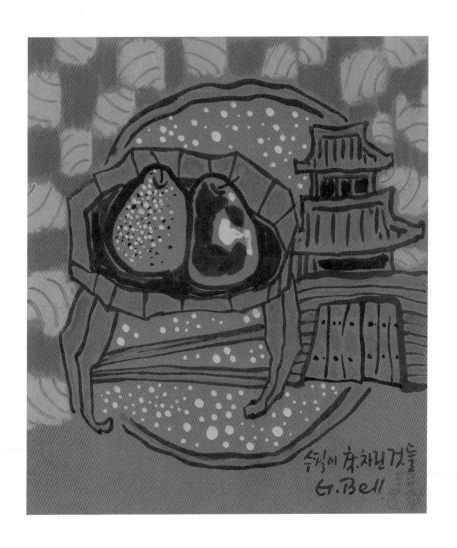

다. 돈만 있으면 한 끼 식사도 언제 어디서나 간편히 먹을 수 있다. 세계가 하나인 요즘 넘치는 먹거리와 늘어나는 패스트 푸드를 보면 아이들 입맛은 이미 서양인의 입맛에 길들여져 있다.

맛의 홍수 시대인 요즘 지금 세대가 그때의 엿 맛을 알 리가 없다. 가끔 들르는 오일장에서 고향의 향수를 느끼며, 투박한 가위로 엿장수 마음대로 툭툭 잘라서 주는 그 엿은 아련한 유년의 추억의 맛이다.

녹차를 만들며

차를 우려 마신다. 인생 늘그막에 차를 만드는 체험을 통해 삶이 그냥 쉬운 게 아님을 배운다. 잘 우려진 찻잔을 들어 코끝에서 향기를 맡는다. 차향이 스치고 입술에서 목으로 넘어가는 찻물은 따스한 길을 만든다. 동질감을 느끼는 인연의 길이 두터워 지는 것이랄까. 서로의 마음을 나누는 시간이랄까.

몇 년을 다닌 솜씨를 부려 자기가 만든 차를 숙성실에 넣고 나니 늦은 오후가 되었다. 하동의 재첩국으로 점심을 먹고 산으로 둘러싸인 초록의 신록은 눈 호강과 마음의 호강을 시켜 주었다.

차방 앞 정원에는 맑고 고운 장미가 살포시 꽃잎을 열고 여기저기에서 꽃들이 바람에 살랑이고 있다. 찜질방과 방갈로에서 삼삼오오 둘러앉아 여러 가지 차 맛을 음미하며 이야기 꽃들을 피웠다.

우려진 차의 맛은 쓴맛, 떫은맛, 신맛, 짠맛 마지막에 달싹한 단맛이 감도는 맛에 빠지는 것이다. 차의 오감을 인생에 비유한다는 말을 떠올리게 한다. 쓰고, 떫고, 시고, 짠맛에 단맛이 어우러져 차 맛을 내듯 기쁘다가 슬퍼지고 힘들다가 괴롭고 꼬이다가 풀리는 것이 우리네 삶과 같아 더욱 차의 매력에 빠지나 싶다.

오랜 세월 차 수업을 함께하는 차인들이다. 바쁜 일상에 쫓기 듯 살아가지만 차를 접하는 시간만큼은 마음의 여유가 생긴다. 전통차와 홍차를 함께한 인연으로 C다례원에서 한 달에 두 번씩 모인다. 선생님과 다양한 차를 음미하며 홍차에 대한 지식과 친목을 도모하고 있다. 중국과 인도 등 사대 명차인 외국에도 견학을 가지만 해마다 오월이면 하동 연우제다에 들린다. 공동으로 직접 차를 만드는 체험도 할 겸 인정도 나누기 때문이다. 그 날 만큼은 나도 모든 일정을 채쳐놓고 즐거운 마음으로 참석을 한다.

마을입구 버스에서 내리지 마자 바로 차밭으로 간다. 그냥 보아도 싱그러운 오월이다. 같은 키로 빼곡하게 줄을 지어 아담한 체구에 초록 잎으로 당차게 겨울을 버틴 차나무들이다.

차나무의 특성은 한곳에 뿌리를 내리면 자리를 옮기지 않는다. 그래서 결혼식을 앞둔 신랑댁에서 함에 차 씨를 넣는 일부종사의 의미를 두고 있다.

억센 초록 잎들은 태양의 자양분으로 여린 새싹들을 키워 내 주었다. 어린아이가 태어나 엄마 품에 안겨 옹알이하듯 새로 돋은 연두 잎은 아기 손같이 햇빛에 반짝였다. 보기만 해도 풋내가 나는 여린 잎을 따는 것이 잔인하고 미안했다. 하지만 또다시 돋을 잎을 위하여 조심스레 따서 소쿠리에 담아 체험장으로 갔다.

물기가 가시도록 두어 시간 펼쳐 놓았다가 시들게 하는 과정을 위조라고 한다. 시들해진 잎의 초록을 제거하는 살 청 과정을 한 다음 한 움큼씩 쥐었다 풀어주고 또 죽이고 풀어줌을 반복하는 유념의 과정을 거친다. 손맛이 음식의 맛을 좌우하듯이 두 손으로 비비고 움켜쥐는 과정은 손의 놀림과 방향, 힘의 강약으로 상처를 내어 공기가 닿는 산화작용을 시킨다.

이 과정은 노련한 제다 주인이 직접 시범을 보이며 야무지게 실습을 시켰다. 차의 색과 향, 맛을 좌우하기 때문이다. 팔이 아프다. 허리가 뒤틀린다고 하면서도 과정을 놓칠세라, 다른 팀에게 질세라 자기 몫을 해낸다. 소복소복하게 쌓아 바람을 쐬어 적당한 수분이 되면 달구어진 솥에 넣고 1차 2차의 득음 질을 한다. 득음의 과정은 타지 않게 색과 맛을 내는 과정이다. 솥이 뜨겁기 때문에 두세 사람이 한 조가 되어 재빠른 동작으로 교대를 하며 건조를 시킨다. 장갑을 끼고 한 움큼씩 저으며 뜨거운 솥에 팔이 데어 소리를 지르기도 하고 땀을 빼는 바쁜 과정은 혼을 빼놓기도 한다. 이들을 숙성실에서 절 숙성시키면 녹차가 완성되는 과정이다. 이렇게 만든 차를 우리면 차색은 노르스름한 연두색이 된다.

홍차는 살 청을 하지 않고 위조에서 유념의 과정으로 가기에 팔과 허리의 힘을 모두 빼놓는다. 자연에 건조를 시켜 일곱 시간 발효기에 넣어서 발효를 시키면 차 색이 붉은 발효차가 만들어진다.

만든 차를 발효기에 남겨둔 채 하동 산골에 노을이 들 무렵, 차 밭을 뒤로하고 버스에 올랐다.

차 잎의 강한 성깔을 죽이고 삭여 은은한 향과 맛이 우려지는 차가된다. 사람의 성질도 잘 다듬으면 온화한 성품이 되듯, 나의 아집도 뭉겨져 순해진 것 같다.

잠자리에 들라 하니 유념과 득음으로 무리한 허리며 등 쪽이 당기고 가려워서 긁어 주고 싶지만 혼자 긁을 수가 없었다. 궁하면 통한다고 했던가. 십여 년 전에 사서 구석 벽에 걸어둔 대나무로 만든 효자손이 눈에 띄었다. 쓱쓱 긁어주는 그 시원함의 순간을 누가 알까. 황혼이 될 때까지 여태껏 나는 누구의 효자손이 되어 시원함을 안겨 주었던가. 잘 숙성되어 며칠 후에 도착할 차는 어떤 맛으로 내게 올까.

커피 집 아저씨와 고양이

새로운 바람이 불고 있다. 내가 사는 상가 골목에 건물 구조변경이 한창이다. 오랜 세월 살아오던 집주인들은 세월을 머금은 채, 그럭저럭 살다가 이즈음 편안한 아파트로 이사를 가거나 유명을 달리한 분도 있다. 2세대들이 들어와 적은 자금으로 기와집을 개조하여 과거와 현대가 공존하는 모습이 눈길을 끌고 있다. 내가 사는 상가건물은 큰길가에 있어 사람들의 눈에 잘 띈다. 요즘은 핸드폰으로 검색해 찾아오는 이들이 많다 보니 골목 안에 있어도 소소한 재미를 보는 상가들도 많다.

실내외 모두 감성에 맞는 장식을 하여 시각을 끄는 서양풍 양식집과 꽃집이 생기고, 웨딩드레스 숍과 사진을 촬영하는 곳까지 생겼다. 그중, 젊은이들이 많이 찾는 곳이 커피숍이다. 높은 벽과 큰 대문을 없애고 한옥의 기와지붕과 기둥을 그대로 살려 안과 밖이 환히 보이도록 설치한 통유리 창은 보기에도 시원스럽다. 낮에는 마당의 푸른 잔디와 꽃 정원이 아담하고, 밤이면 달과 별을 닮은 조명을 켜놓아 소확행의 분위기를 돋게 한다.

문을 열고 실내로 들어서면 커피 향과 구수한 빵 냄새에 구미가 당겨 배가 불러도 커피와 빵을 함께 주문하게 된다. 주인아저씨가 바리스타인 이 집은 직접 커피를 내리고, 즉석에서 갓 구운 빵이 손님의 발길을 더욱 사로잡는다. 이런 평온한 분위기가 좋아 우리 동네도 자랑할 겸 지인들이 오면 그 찻집으로 데려가곤 한다.

여름 휴가차 내려온 아들딸 가족과 함께 찻집에 들렀다. 차를 마시며 담소하고 그 집의 분위기에 젖었다. 그런데 나오는 길에 깜짝 놀랄 광경이 내 눈 앞에 펼쳐졌다. 주방문 앞마당에 놓여있는 테이블에 낯익은 흑백무늬의 고양이가 죽은 듯 누워있다. 늘 그랬듯, 오늘도 내 가게 앞에서 눈치를 보며 내가 세워둔 차 아래를 살금살금 기어 다니던 고양이다.

우리 일행과 눈이 마주치자 한순간 움찔대더니 고개를 돌려 커피집 주인과 눈을 맞춘다. 둘만의 신호가 오가고, 고양

이는 든든한 보호자가 지켜주고 있다는 걸 과시하듯 몸 안의 모든 세포를 늘여놓고 아예 축 늘어져 누워 있는 것이다. 그 늘도 없는 땡볕 아래 커피집 주인아저씨는 빵 조각으로 고양이를 유혹하지만 녀석은 먹는 것보다 사랑받는 것이 더 좋은지 가끔 꼬리만 흔든다. 오래 정든 사이는 아니지만 고양이가 가게 앞을 서성일 때마다 빵을 주기도 하고, 부드럽게 쓰다듬어 주니 아마도 주인의 선한 눈동자에 믿음이 생겼나 보다.

주방에서 커피 작업을 하다 보면 고양이가 마당에서 서성인다는 것이다. 마치 집 밖에서 사랑하는 연인을 기다리듯, 커피집 주인이 일손이 바빠 미처 나가지 못하면 나올 때까지 그대로 서성인다고 한다. 그게 미안해 잠깐씩이라도 고양이와 놀아주고 쓰다듬어 주다 보니 커피숍 주인도, 고양이도 알게 모르게 정이 든 것이다. 비록 말 못 하는 동물이지만 저를 사랑해주는 마음을 어찌 모르랴.

솔직히 나는 고양이가 싫었다. 동그란 눈으로 경계하듯 음흉스럽게 노려보는 눈빛도 싫고, 아무 데서나 불쑥불쑥 나타나 사람을 놀라게 하는 것도 싫다. 건물 뒤란 공간은 주택과 연결되는 통로인데, 밤이면 집회를 하듯 동네의 고양이들이 모여 노는 장소가 된다. 애타게 짝을 찾아 울부짖기도 하고, 드디어 만난 두 마리가 사랑을 나누는 공간이 되기도 한다.

밤중 도심의 적막을 깨트리는 온갖 소리에 익숙해져서 산 지 오래이다. 자동차 소리는 일상이 되고, 애잔한 풀벌레 소리, 늦은 밤에 멀리서 들려오는 개 짖는 소리와 큰 새의 절규 같은 울부짖음은 고요 속에 애잔한 감성을 더하기도 한다. 하지만 보채는 아이 울음소리 같은 고양이의 요염한 소리는 잠을 설치게 하는 골칫덩어리이다. 한참을 듣다 보면 신경이 곤두서서 당장 내려가 쫓아내고 싶은 때가 한두 번이 아니지만, 어쩌랴 내가 참을 수밖에.

"그렇게 예쁘고 사랑스럽습니까?"

사랑스런 연인을 어루만지듯 고양이를 쓰다듬는 그를 보며 내가 물었다.

"예, 살아있는 생명인걸요."

순간 선하게 살고 있다는 내 생각은 착각이었다. 생명을 두고 편견의 눈으로 바라본 나는 뒤통수를 한 방 맞은 느낌이다. 그렇다. 살아서 숨 쉬는 모든 것은 축복이라 하지 않던가.

몇 년 전 유화를 잠깐 배울 때 구입한 책자에서 본 화가의 그림이 생각났다. 프랑스의 인상파 여류 화가인 베르트 모리조의 〈요람〉이란 그림이다. 부드러운 베일 속에 평온하게 잠든 아기를 엄마는 사랑스런 표정으로 내려다보고 있다. 제 우주 모두를 엄마에게 맡기는 믿음으로 길게 드리워진 요람 위에서 천진하게 잠든 아기의 모습은, 보는 이로 하여금 안식 같은 편안함을 준다. 턱을 괴고 아기를 바라보는 엄마는 보채는 아기를 재우기까지 힘들었을 것이다. 하지만 잠자는 아이를 바라보는 엄마의 표정에는 피곤한 기색은 찾아볼 수 없고 평화롭기만 하다.

햇빛에 부신 눈을 살며시 뜨는 고양이에게 눈을 맞추고 등짝을 쓸어준다. 물컹거리는 피부에 움찔하였지만 몸속에 뜨거운 피가 흐르는 살아 있는 생명을 느낀다. 부드러운 털의 촉감, 들숨 날숨을 내쉬는 고양이의 미동이 내 마음을 받아준 듯, 평온함으로 전해온다.

정겨운 풍경이 된 골목에는 한 줄기 시원한 바람도 잠시 머물다 지나간다.

팔을 끊어버렸어요

　가위의 날이 닳아 중앙 부분이 가늘어졌다. 원단을 자르는
데 빠질 수 없는 것이 가위이다. 옆으로 손만 뻗치면 잡히는
가위는 내 업의 발자취인 양 아직도 제자리를 지키며 나와 함
께 늙어가고 있다. 한복의 원단 작업과 그 원단으로 디자인하
여 봉제하는 일이 내 직업으로 37년째 한 길을 가고 있다. 한
복업은 시대의 흐름에 맞추어 꾸준히 오름세를 보이다가 정
점을 치고는 사양길로 접어들었다. 예전에는 모든 행사의 예
복과 외출복은 한복이 대세를 이루었다. 원단을 판매하는 가
게마다 잘 연마된 가위와 대자는 항상 손쉬운 곳에 열 개쯤은
걸어 놓곤 했었다.
　대구 서문시장의 점포가 많은 곳에는 무디어진 가위의 날을
갈아주는 전문직업의 아저씨도 많았다. 숫돌에 쓱쓱 문질러

날을 세우는 작업 또한 기술이 따라주지 않으면 할 수가 없었다. 특히 성능이 좋은 가위를 만들어 내는 기술은 만만치가 않았다. 투박하고 무거운 철을 녹여 예리하게 만들어 내는 과정은 대장장이의 땀과 노동의 결정체였다. 수많은 담금질과 두들김의 연속으로 장인의 손끝에서 만들어지는 것이었다.

새벽녘에 정적을 깨우는 요란한 전화벨 소리가 울렸다. 순간 불길한 예감이 뇌리를 스쳤다. 남편이 먼저 전화를 받았다.

"팔을 끊어버렸어요."

잠결에 전화기를 통하여 들리는 목소리에 나는 기겁을 하고 일어났다.

"뭐라고요? 누구 팔이 끊겼다고요?"

남편이 다급하게 질러댄 소리에 식구들이 모두 깨어났다.

"가위가, 가위가 그렇게 해 버렸어요."

나는 낚아채듯 전화기를 받아 들었다. 그녀의 울음 섞인 목소리는 완전히 혼이 빠져 있었다. 내일 아침에 입을 혼주의 옷을 만들다가 재봉틀 위에 잠시 엎드려 잠이 들었는데, 혼미한 정신으로 고개를 들어 앞에 놓인 가위를 잡고 마름질하던 저고리의 소매를 싹둑싹둑 잘라버렸단다. 순간 정신이 든 아줌마는 경악했다. 실수로 소매 한 판이 두 동강이 나버렸다. 신속한 대처를 위해 나에게 전화를 한 것이다.

우리 집에서 조금 멀리 있는 바느질 방으로 자동차 시동을 걸고 내달렸다. 매서운 새벽 공기였지만 등줄기에는 땀이 흘렀다. 나를 믿고 맡긴 옷 한 벌의 제작은 소중한 예복으로 입혀야 할 책임이 있기 때문이다. 기능공의 실수였지만 어떠한 방법을 써서라도 입혀야 했다.

소매가 잘린 그 저고리의 매끄러운 이음새를 위해서는 지혜가 필요했다. 우선 시장 창고에 가서 원단을 가지고 왔다. 새로 작업을 하기에는 턱없이 모자라는 시간이었다. 놀란 아줌마에게 걱정하지 말라며 안정시키고 나니 편안해 보였다.

그녀는 내게 없어서는 아니 될 고마운 사람이다. 내가 잠자고 있는 동안 밤을 새며 책임을 완수하는 성실한 바느질의 달인이었다. 가져온 원단을 보며 궁리 끝에 같은 천으로 바이어스를 곱게 접어 한 줄 더 잘라서 주름장식으로 박음질을 하기로 하였다. 몇 시간의 작업 끝에 세상에서 하나뿐인 저고리가 탄생하였다. 옷의 주인공은 까다롭기로 소문이 난 사회 활동을 많이 하는 친정의 일가 언니이다. 외동딸의 혼사 예복이었다. 만만한 사이라고 몇 번의 납품 날짜를 양보하여 늦추다 보니 오늘 밤에 제작하여 내일 아침에 예복으로 입힐 옷이었다.

일을 하다 보면 까다로운 사람의 옷은 사고가 잦다. 못마땅하여도 차마 말은 못 하고 뽀로통해진 언니를 달래서 결혼식장으로 보냈다.

예식이 끝난 혼주의 흥분된 목소리는 의외였다. 잠결에 소매를 잘라 버린 그 가위 덕분에 남다른 디자인으로 정말 예쁘다는 칭찬을 많이 받았다며 기뻐해 주었다. 오랜 세월 속에서 작업장의 에피소드는 한둘이 아니지만 그럴 때마다 지혜로 한 고비씩 넘기기도 했다.

제조와 제작의 일인 만큼 전문가들과 함께 손발이 잘 맞아주어야 주문 판매에 차질이 없이 진행된다. 그들은 작업대에 앉으면 솔기를 자름으로 가위질은 들숨과 날숨의 횟수만큼 많다. 그들의 가위는 생계를 책임지는 도구인 만큼 소중하게 여긴다. 제작을 해주는 기능공과 판매업을 하는 우리는 상생하는 불가분의 관계이다. 그렇게 맺은 인연이, 가족같이 함께한 날들이 청춘에서 황혼에까지 이르렀다.

그날 새벽의 소동은 지금도 아찔하다. 가위가 작품을 버리기도 하지만 복구시키기도 한다. 그 당시의 기세등등했던 일산 가위보다 지금 월등하게 좋은 우리의 기술로 만든 가위가 눈물 날 만큼 자랑스럽다. 요즈음 시중에는 예쁘고 앙증맞은 디자인의 가위들이 기능에 맞게 제작되어 값싼 가격으로 많이 나오고 있다. 몇십 년을 내 곁에서 나의 일을 도와주는 닳은 가위는 없어서는 안 될 내 수족과 같은 존재다.

〈포항 스틸에세이 수상작〉

피할 수 없으면 즐겨라

계절은 어김없이 봄을 실어 나르고 낯선 일상의 봄은 그대로 얼어붙었다. 양지바른 뜰에는 매화 봉오리가 힘겹게 입을 열고 딱딱한 가지 사이로 동박새의 몸짓도 가볍다. 햇살이 비치는 숲 사이로 노란 산수유가 실낱같은 꽃을 피워 상큼한 향기를 풍기며 코끝을 유혹한다. 졸졸 흐르는 골짜기의 물소리는 엄마 품에 안긴 아기의 옹알이 소리 같다. 오래전부터 걷던 익숙한 산길이다. 하지만 평온한 일상에서의 산책이 아니다. 질병의 전염을 피해 두어 달 감금되듯 집 안에만 있는 게 답답해 탈출구 삼아 나와 보니 보이는 것마다 감사의 선물로 느껴진다.

청정지역이라던 대구가 중국을 다녀온 신천지 교인들의

우한 폐렴 전염으로 삶의 터전이 멈춘 낯선 도시가 되어 버렸다. 3월 중순 봄을 맞으려는 사람들 가슴에 찬물을 뿌리듯 코로나19가 대구를 덮친 것이다. 적막과 고요 속에 119 사이렌 소리는 휑한 거리를 질주하며 환자와 의료진의 긴박함을 알린다. 생업이 달린 거리의 상가는 굳게 문을 닫고, 빌딩마다 쏟아지는 회사원들의 발길도 끊긴 채 한산하다. 고객의 눈길을 사로잡는 화려한 쇼윈도의 불빛도 꺼진 지 오래이다. 바쁘게 출근을 하고 좋은 사람들과 만나 식사와 차를 마시는 평범한 일상을 도둑맞은 느낌이다.

낯선 생활에 적응하여 스스로 평정을 찾는 방법 또한 자기의 몫이리라. 처음 얼마 동안은 미뤄둔 집 안 정리로 한가한 여유를 부리며 쌓아둔 책도 펼쳐보고 음악을 들으면서 이쯤이야 하며 지냈다. 매스컴마다 경쟁하듯 날로 늘어나는 확진자 수와 사망자 소식을 전한다. 마스크를 구입하려는 인파의 긴 줄, 지쳐가는 의료진들, 굳게 문을 닫은 상가의 풍경을 보고 듣는 걱정과 근심뿐이다. 마침내 대구가 재난특별지역으로 선포되고 너나없이 무기력해져서 삶의 의욕마저 떨어진다는 하소연을 하고 있다.

나는 우울증에 대해 부정적인 견해를 가지고 있는 쪽에 속한다. 50대 여성들이 흔히 겪는 갱년기 증상은 몸과 마음의

밸런스 조절이 어려워 몸이 무기력해지는 것이다. 마음이 우울해진다며 푸념을 하는 후배에게 "바쁘게 살다 보면 우울증이 들어올 틈이 어디 있냐."며 질책한 것을 대변이라도 하듯 마음의 각도를 바꾸기로 했다.

'피할 수 없으면 즐겨라.'

오랜만에 자동차에 시동을 걸고 잠시라도 신선한 공기를 찾아 나선다. 평소에 자주 찾던 익숙한 앞산 자락이 나의 운동 코스이다. 대구는 북쪽으로 웅장한 팔공산이, 남쪽에는 앞산이 자리하여 비슬산까지 연결되어 있다. 치마폭같이 펼쳐진 골짜기에 들어섰다. 경계를 지른 듯 산 아래에서는 보이지 않는 코로나와 전쟁을 치르고 있을 것이다. 하지만 이곳의 나무 숲 사이로 이어지는 산길은 평화롭기 그지없다.

골짜기에는 여러 갈래의 등산로가 있지만 내가 평소에 다니는 길은 용두토성이 있는 약수터이다. 약수터까지는 다소 가파르고 좁아서 사람들의 발길이 많지 않다. 저만치 사람이 걸어오면 마스크를 쓰고, 그렇지 않으면 나무들이 뿜어내는 신선한 산소를 깊숙이 들이마시기도 한다.

산길을 오가는 사람끼리 반갑게 인사는 못 할망정 멧돼지라도 만난 듯이 경계를 해야 하니 어색하기 짝이 없는 일이다. 바이러스의 전염 때문에 갇혀 살아야 한다는 감옥살이에서 이제야 벗어난 느낌이다. 코끝을 스치는 솔향은 마음까지 상쾌하다. 몸이 움직이니 마음의 소리를 듣는 듯 혼자 걷는 산길은 사색의 공간이며 사유의 시간이 되기도 한다.

로버트 프로스트의 시 「가지 않는 길」을 떠올리며 두 갈래 길에서 한쪽 길이 가끔씩 궁금해진다. 내가 선택한 길이기에 발을 디딘 곳이 삶이 되었다. 이제는 노을 앞에서 살아온 조각조각 사진들을 필름처럼 연결해 본다. 인생은 희망찬 일출의 해가 구름도 비도 때로는 천둥 번개도 만나면서 일렁이는 바람 속에 일몰을 거듭하는 세월이었다. 하루도 똑같은 날은 없는 듯하다. 어머니는 항상 '위만 보지 말고 아래도 보면서 살라.'고 하셨다. 세상 살면서 많고 큰 것만 좇지 말고 낮고 작은 것에도 만족하여 끊임없이 노력하며 살라는 뜻이리라. 돌이켜 보면 남의 불행을 보며 내 삶의 교훈으로 삼았고, 다른 사람의 행복을 보면서 나도 그렇게 살리라고 노력하였다.

산에 다니는 동안 계절의 변화는 연두에서 초록으로, 산의 키를 훌쩍 키워 온통 신록으로 가득하다. 극성을 부리던 코로나19도 많이 잠잠해졌지만 언제, 어디서 터질지 모르는 게릴라전은 아직도 진행형이다. 아픈 상흔으로 생활 속 거리 두기를 실천하여 조심스레 멈춰진 생업에 임하고 있다. 자연을 벗하고 혼자 산길을 걸어보니 몸과 마음을 정화시켜 주는 숲이 최고의 백신인 듯싶다. 자작나무 군락에도 벌써 봄이 와 있다. 봄비에 씻겨 더욱 하얘진 껍질에 초록의 실루엣이 은은하게 빛난다. 죽어 쓰러진 나무는 파란 이끼의 집이 되기도 하지만, 살아있는 나무의 곡진한 양식이 되어 세월을 삭이며 녹아 자연으로 돌아갈 것이다. 나의 삶도 인연의 굴레 속에 누구의 짐이 아닌, 한 가닥 그리움과 순함으로 남고 싶다.

그 집의 수채화

　우물 담 높이가 낮아지도록 함께 살았다. 그 옆 화단에는 기와지붕 처마 아래 까만 두꺼비바위가 앉아 있었다. 여름철 장맛비에는 바위 아래에서 두꺼비 가족이 마당으로 엉금엉금 기어 나왔다가 들어가곤 하였다. 사람들이 두꺼비가 사는 그 바위를 복바위라 하여 우리 집을 부자로 만들어 줄 것이라고 했다. 여름이면 작은 빨간 장미가 화단을 더욱 화려하게 물들이고 무궁화나무의 가지에만 유독 까만 비리가 잔뜩 붙어 있었다. 비리를 피해 신발을 신고 그 나무에 기어 올라가 노라면 나무는 수직 미끄럼틀이 되어 주었다. 추석이 가까워 오면 바위 앞 석류나무에는 석류가 고개를 거꾸로 하고 쩍쩍 갈라지기 시작했다. 수정처럼 투명한 빨간 석류 알은 엄마가 특히 좋아하셨다. 장독 뒤에 석류나무는 신 석류나무여서 한 알 입에 넣으면 무척 시었다. 외양간에는 암소가 눈을 감고 앉아 되새김을 했고 때로는 송아지도 있었다. 빛바랜 초가지붕 위에는 밤이슬을 머금은 하얀 박꽃과 둥근 박이 탐스럽게 열려 있었다.

섣달그믐날 밤이면 엄마는 우물과 바위 앞에 상을 펴고 쌀이 소복하게 담긴 밥그릇 중앙에 촛불을 켜고 금방 길어 올린 샘물 한 사발을 올렸다. 두 손으로 가족의 송구영신을 빌며 촛불이 꺼지지 않도록 작은 가리개로 밤새 그 촛불을 지키시며 새해 아침 채비를 하셨다. 아침이면 밤새 녹아내린 촛농이 쌀 위에 하얗게 굳어져 있고 심지는 하얀 재가 되어 꺼져 있었다. 어린 마음에도 제 몸을 태우면서 불평 한마디 없이 눈물만 남긴 촛농을 보며 가족을 위하는 엄마의 희생이 느껴졌다.

정월 보름에는 밤새 장만한 마른 나물, 고춧가루를 넣지 않은 맑은 생선국, 오곡찰밥을 지어 새벽별이 총총할 때 바위 앞에 한 상을 차려 놓고 소지를 사르셨다. 사르는 소지의 재가 하늘로 올라가면 소망이 이루어질 것 같은 느낌이 들어 나도 마음속으로 염원했다. 그런 엄마를 곁에서 도와주는 게 좋아 잔심부름을 해 주기도 했다. 가족을 위한 엄마의 헌신 덕분에 나의 마음에도 일찍부터 모성이 자리 잡았다.

우리들이 어릴 때는 우물에 빠질까 봐 둥그런 나무 뚜껑을 덮어 놓았다. 그래서 우물 안을 들여다볼 수가 없었다. 어쩌다 뚜껑이 열리는 날이면 우물에 얼굴을 비춰 들여다보기도 하였다. 그런 우물이 얼마나 그리웠으면 훗날 내가 아이를 키우고 장사를 할 때에 꿈을 꾸었다. 우물에서 퐁퐁 물이 솟기도 하고, 맑은 물이 도도히 넘치기도 하고, 바다가 되어 헤엄치는 꿈을 꾸기도 하였다. 그런 날은 왠지 큰 고객이 찾아올 것만 같아 기분이 좋아졌고 꿈이 실제가 되기도 하였다.

물 긷는 일은 힘과 기술이 있어야 하기에 언제나 아버지와 엄마 그리고 아재의 몫이었다. 여분의 물이 항상 단지 안이나 뚜껑에 담겨져 있었다. 추운 겨울 아침에 아버지께서 두레박 가득 퍼 올린 물에서 김이 무럭무럭 피어올라 신기하기도 했다.

내가 네 살쯤 그 집에 이사 가서 살았다고 한다. 나는 그때도 키가 작아서 중학교에 다닐 때쯤에야 두레박질을 할 수 있었다. 알루미늄 두레박이 돌에 부딪치면 물은 반도 넘게 쏟아지고 두레박은 아프다고 소리를 내며 망가지기 일쑤였다. 우리 남매가 두레박질을 하고 나서부터는 성한 두레박이 없었다. 그러다가 두레박이 새면 물이 흘러 우물물에 떨어지는 소

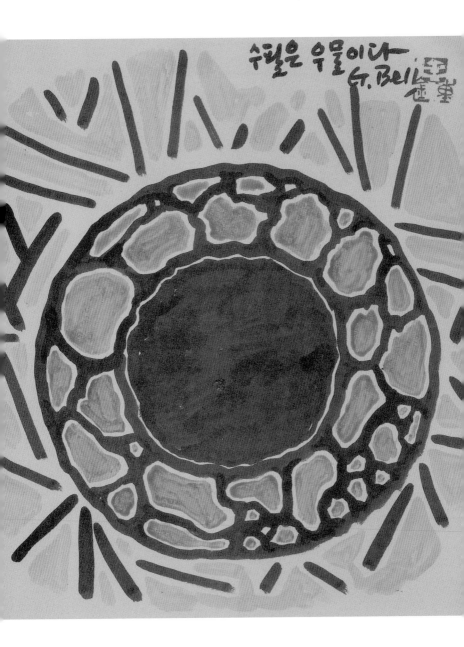

수필은 우물이다
lt. B리 촌호

리, 돌에 부딪치는 금속 소리의 공명은 아련한 기억으로 남아 있다. 자동차 위에 떨어지는 빗소리를 좋아하는 것도 그 소리의 추억일 것이라고 여겨진다. 여름이면 우물 안에 수박과 오이를 망에 넣어 줄에 매달아 놓기도 하였다.

내가 고등학생이 되어 대구에 와 있을 때의 일이다. 초등학생인 막냇동생이 두레박질을 하다가 그만 그 우물에 빠졌다는 소식에 가슴이 철렁 내려앉았지만 다행히 다친 곳이 없다는 말에 가슴을 쓸어내리기도 하였다. 아버지가 우물 안 돌을 두 다리로 딛고 내려가서 막내를 안고 올라오셨단다. 무사한 동생을 보며 엄마가 그 우물에 치성을 드린 공덕인가 싶기도 하였다. 이제는 잊혀가지만 우리 남매가 모이면 두레박에 물을 길어 올리듯 지나온 추억을 길어 올려 채색하곤 한다.

아버지는 그 집을 팔고 대구 시내에 집을 사서 이사를 나오셨다. 몇 년 후 고향에 갔을 때 추억이 많은 그 집을 생각하며 안으로 들어가 보았다. 위채와 아래채의 기와지붕을 연결하여 우물도, 아름답던 바위 화단도, 앞마당에서 대문까지 천막으로 덮어버렸다. 하늘도 보이지 않는 캄캄한 동굴 속에 들어온 느낌이랄까. 갑자기 그때의 아름다운 집이 무서워져서 뛰쳐나오고 말았다. 사람이 죽을 때 인연의 정을 뚝 떨어지게 하듯, 애틋한 그리움만 가슴에 담아 놓게 하였다.

우물에서 물이 퐁퐁 솟아 고이고 마당 가득히 별이 쏟아지던, 까만 바위의 기억은 분명히 내게 좋은 기운으로 남아 있다. 우물이 마르지 않고 큰 바위가 흔들리지 않듯, 내 안의 용기와 지혜를 심어 준 것도 어쩌면 그때 몸에 배고 눈에 익은 풍경 때문인지도 모른다.

우물이 있고 두꺼비가 기어나오던 마당 넓은 그 집은 내 마음속 깊은 곳에 한 폭의 수채화로 남아 있다.

남새밭 찔레꽃

　구수한 숭늉 냄새가 시장기를 자극한다. 후끈한 열기에 초겨울의 쌀쌀함이 따스한 온기로 바뀐다. 잊혀져가는 연탄불을 보면 추억을 되새김하듯 고향의 푸짐한 인정이 생각난다. 소박함이 깃든 집에서 편안한 사람들과 한 끼의 식사를 하는 것은 삶에 작은 여유와 행복감을 느끼게 해 준다.

　고향 가는 길을 조금 벗어난 야산 옆에 한 번씩 들르는 식당이 있었다. 남편의 지인이 추천하여 함께 다녀왔다며 나를 데리고 간 집이다. 남편은 사회활동을 하면서 마음에 드는 식당이나 경관이 좋은 곳을 기억해 두었다가 나와 가족을 잘 데려간다. 그런 집에 들러 식사를 하는 날은 서로의 일터에서 조금 일찍 출발한다. 굽이치는 낙동강에 붉게 출렁이는 노을과 어우러진 시골의 경관을 가족들에게도 보여주고 싶은 마음이었으리라. 추수를 마친 들은 아직도 여운처럼 물기가 남아 있다. 푸릇한 벼 잎이 남아 타고난 생명을 부추기고 있고 허수아비는 소임을 다한 듯 한가하게 기울어져 있다.

식당의 담장은 빼곡하게 줄지은 탱자나무가 같은 키를 유지하며 자라고 있다. 세월을 머금은 날카롭고 긴 가시가 서로 찌를 태세지만 찌르지 않고 비켜 주며 잘 자라고 있다. 그 위에 얼기설기 무청과 배추 잎을 얹어서 시래기를 만들고 있다. 황톳빛 마당 입구에 들어서면 토종닭 몇 마리가 석양을 등지고 제집을 향하고 있다.

식당에 들어서면 뒷마당에서 피운 연탄불에 고등어 굽는 냄새와 시래기 된장국 냄새가 다가온다. 엄마 집 냄새 같다. 짭짤한 간고등어는 프라이팬에 구워도 구수하지만 식용유 기름이 다소 느끼하고 비리다. 집 안에 퍼진 냄새는 몇 날이 지나도 배어있어 집에서는 잘 굽지 않는다. 연탄불에 불문을 반쯤 열고 석쇠에 고등어를 얹어 놓으면 검푸른 껍질에서 떨어지는 기름이 불꽃에 툭툭 튀어 등이 갈라진 그 맛이 일품이다. 거기에 시래기 된장국과 콩자반만 더하면 한 끼의 행복한 식사가 된다. 그래서 다시 찾지 않을 수 없는 집이다.

누룽지 한 사발까지 들이켜고 벽에 등을 기대고 앉으면 지

난날의 추억이 떠올라 빙그레 웃음이 나온다. 힘든 것도 지나고 보면 삶의 일부가 되듯이 아름다운 추억이 되어 떠오른다.

내 유년에 엄마가 일하던 남새밭에 막냇동생을 업고 젖을 먹이러 다녔던 그 길옆에도 탱자나무가 있고, 하얀 작은 찔레꽃이 피어 있었다. 어린 마음에 하얀 찔레꽃이 소복 같아서일까, 무서운 생각도 들었다. '엄마 일하는 길에 하얀 찔레꽃' 노래를 부르면 이유 없이 슬퍼지고 눈물이 나곤 하였다.

그러다가 보면 빽빽한 탱자나무의 날카롭고 긴 가시덩굴 속에서 참새 떼들이 무어라 재잘대며 푸드득푸드득 놀고 있었다. 보기만 해도 아찔한 그 광경이 신기하기도 하고 궁금하기도 하였다. 어쩌면 자연과 함께한 그때의 감성이 내 가슴에 문학의 씨앗으로 뿌리내려 자라고 있었는지 모를 일이다.

식당 마루에는 가을이면 연탄난로가 놓인다. 신혼 시절 웬 잠은 그리도 퍼붓던지, 그때는 잠 한번 실컷 잤으면 소원이 없겠다고 생각했다. 연탄불을 살리는 것이 일과의 시작과 끝이다. 늦은 밤 자야 할 시간에 위의 연탄에 아직 검은색이 남아 빨간 불꽃이 펄럭이면 새벽까지 불문을 잘 조정해야 한다.

새벽에 방문을 열면 하늘에는 아직 별이 파랗고, 철제 연탄집게를 잡는 순간 손끝에 쩍 달라붙어 온몸이 감전된 듯 찌릿했다. 연탄은 밤새 하얗게 제 몸을 태워 소임은 다했지만 정든 한 몸은 떨어지지 않고 붙어 있다. 하얀 육신을 칼로 떼어내고 위의 것은 아래로 보내 새로운 불씨가 되면 검정의 새 인연을 포개 얹는다. 요리조리 돌려 구멍을 잘 맞추어 한 몸을 만들어야 불씨를 살릴 수가 있다. 그때 불문을 확 열어 놓으면 아궁이의 한 몸도, 뜨거운 아랫목도, 우리의 사랑도 함께 뜨겁게 타오른다.

어쩌다 시간을 넘기면 한 몸이 된 육신이 다 타버려 하얗게 죽어있다. 그 불씨를 새로 살려 내어야 한다. 생각을 어디다 뒀냐고, 웬 잠이 그렇게 많으냐고 시어머니의 성화가 하늘을 찔렀다. 궁하면 통한다는 속담처럼 그때마다 신개발품이 나오기 마련이다. 주부들의 희소식, 착화탄이다. 이것이 있었기에 불도 살고 나도 살 길을 찾았다. 착화탄의 위력만큼 후련하게 한바탕 웃는다.

연탄불은 우리네 인생사와 너무나 닮았다. 불씨를 살려 따스함을 유지하듯이 새로운 일상에 부딪칠수록 인내와 지혜를 발휘하며 살아야 한다는 것을 깨닫는다. 그래도 여의치 않을 땐 착화탄같이 도움이 되는 누군가를 찾아내는 것 또한 대책이 아니겠는가. 그래서 나를 일으켜 세우고 또 다른 사람에게 도움도 줄 수 있을 것이다.

아름다운 추억의 그 집도 이젠 장사를 그만두었다고 한다.

예기치 않던 아저씨의 병으로 모든 것을 접고 도시로 이사했
다는 소식을 듣고선 고향을 잃어버린 듯, 내 마음에 애잔한
바람이 인다.

멸치 할매

내 가게 위로 덥석 올라와 앉았다. 이마에 주름이 석 삼 자에 화장기도 없는 민얼굴, 흐트러진 머리, 눈동자를 흰 자위에 굴리며 몸을 움찔거리는 품새가 신神의 기운이 있다는 것을 느꼈다. 허리에 치마끈을 질끈 매고 포수의 화살처럼 미역을 등에 멘 그녀의 날쌘 걸음걸이는 에너지가 넘쳐 보였다.

서문시장에 처음 점포를 내어 긴장되고 어색하기만 할 때 가게 입구에서 처음 보는 내 얼굴을 응시하더니 잽싸게 내 점포로 올라온 그녀이다. 옆 가게와 앞 가게 주인도 인사를 하며 그녀를 멸치 할매라고 불렀다. 다짜고짜 내 손을 잡아 보며 손금을 따라 긋더니,

"명命을 짧게 타고났구먼. 많이 베풀고 퍼 주어라."

거침없이 내뱉는 이 말이 그녀에게 들은 첫말이다. 그러고
는 생년월일과 태어난 시를 물었다.

"날에 시에 천기 천복이 들었다. 치마를 둘러 여자지, 이
리 덮고, 저리 덮어 이해심 많고, 재물 고방은 커서 돈 걱정
은 않겠다."

빠른 말투와 그네들의 억양에 잘 알아듣지도 못한 말을 일
러주고는 멸치 한 박스 몫의 돈을 받고 다른 골목으로 사라졌
다. 그녀는 이미 수년 전부터 자신이 가진 신의 기운으로 마
음이 내키는 점포에 넉살 좋게 올라앉는다.

정월달에는 일 년 신수로 그녀의 치맛자락은 바쁘게 펄럭
거렸다. 하루의 일까지도 점쳐주고는 돈은 받지 않는다. 가지
고 온 멸치 한 박스 아니면 긴 돌각미역을 팔아주는 것이 전
부이다. 서문시장의 점포가 지구마다 몇백 개라 어딜 가나 그
녀의 고객이다. 그녀의 구수한 입담에 넘어가지 않는 사람이
없다. 그녀는 누구든 만날 때마다 특이한 점을 찾아 한마디씩
던진다. 그녀의 매력도 매력이지만, 그때만 해도 넉넉하게 베
푸는 시장 인심이 훈훈했다.

흔히들 '인명은 재천'이라고 사람의 명은 하늘이 내린다고
한다. 그녀가 던진 말은 신의 기운과 직관으로 미래를 알려
주는 삶의 도구겠지만, 처음 본 나에게 명이 짧다는 말이 마

음에 걸렸다. 가족과 나의 미래에 대해 많이도 궁금하던 젊은 시절이 아니었던가. 그런 나의 속내를 빤히 들여다보기라도 하듯이 멸치가 떨어질 때쯤이면 들러서 "명을 이어가는 모습이 보기 좋다."는 소리에 저절로 정이 들어버렸다. 이십 년의 세월이 훌쩍 지나자 나의 명은 명주실꾸리처럼 길어졌다며, 이제는 걱정하지 말라고 하였다.

성격은 급하지만 독하고 모질지 못한 나의 성격 탓에 돈을 여러 번 떼이기도 하였다. 하지만 법적인 조치는 한 번도 해 본 적이 없었다. 갑자기 저세상으로 떠나 버린 남편의 변고 후로는 모든 일을 선하게 해결하고 싶었다. 내 가게에 발을 들인 잡상인과 어려운 사람들을 그냥 내치지 않았다. 그동안 내 노력과 가족의 협조로 요만큼이라도 만족하며 산 덕분인지 마음이 관대해진 것 같다. 또 한편으로는 어리석고 너무 헤픈가 싶어 스스로 자문도 해보지만 베풀고 양보하는 것이 편한 걸 어쩌랴.

흔히들 주는 것이 받는 것보다 행복하다고 한다. 강물이 바다로 되돌아가고, 베푼 마음과 물질은 준 사람에게 되돌아간다는 중국의 속담이 옳은 말인가 싶다.

몇 년 전 지금의 가게에 느닷없이 멸치 할매가 찾아왔다. 발바닥이 다 닳은 세월 속에 병색이 역력해 보였다.

회갑 때 그 많은 한복가게 중에 유일하게 내가 선물해준 한복 한 벌을 잊을 수 없다고 했다. 구순을 앞둔 그녀도 검은 얼굴에 저승꽃이 활짝 피어 노쇠하였지만 신명神命이 다할 때까지 업을 닦고 가겠단다.

　세상에는 공짜가 없다. 그리고 선한 끝은 있다. "당신은 그동안 좋은 일 많이 하고 마음 잘 닦은 공덕으로 명을 잘 이어 놓았다."며 내 손을 잡아 주었다. 그리고 내게 미역 한 통을 주었다. 이것은 선물이라며 돈을 절대로 받지 않겠다고 한사코 손사래를 쳤다.

　그날 멸치 할매는 내게 인연이라는 마음을 주고 얼룩무늬 치맛자락을 팔랑이며 황혼 속으로 사라졌다.

비에 젖어 송이째로 뚝뚝 떨어져 땅바닥에 누워있는 목련꽃의 처연한 모습, 유독 그곳에 눈길과 마음이 꽂힌다. 너무 희어 가볍지 않는 상앗빛의 우아함과 순결함으로 삭막한 겨울을 뚫고 나오는 목련이 아니더냐. 하물며 꽃망울도 이리 생명력이 강한데 어찌 그리도 짧은 명을 타고났을까.

2부

목련꽃에 젖다

그 초록을 다시 만나고 싶다

'그 초록' 듣기만 해도 오월의 싱그러움처럼 가슴을 설레게 한다. '그처럼'의 제주도 방언이라는 '그 초록'은 제주도 월정리 해변가에 위치한 작은 카페 이름이다. 카페의 통 유리창 밖은 고운 해안선을 따라 까만 돌무덤이 정겹게 포개져 업은 듯, 안은 듯 서로를 품고 있다. 느낌이 좋은 곳은 머물고 싶은 마음도 통한다. 〈그〉는 과거의 대상이 좋거나 선망의 대상처럼 느껴져 내 마음에 좋은 이미지로 다가온다.

모처럼 가족 모두가 제주도에서 합류하여 함께 며칠을 보내기로 하였다. 코로나19로 출행이 금지된 지도 어느새 석 달째다. 확진자가 절정을 치던 2, 3월은 꼼짝없이 숨어 살 듯 집 안에서 보내며 언감생심 바깥세상은 생각도 못 하고 지낸 날들이다. 아들네와 딸네들도 그동안 등교하지 못한 아이들과 함께 뒹굴며 세 끼 식사 준비하랴 함께 부딪치면서 낯선 생활이 지겨울 때였다. 철저한 방역 규칙 준수로 코로나19 발병백 일쯤 확진자가 확 줄면서 기세가 누그러졌다는 보도가 나왔다.

가정의 달 5월을 맞아 그동안 참고 지낸 보상을 받듯 신록은 마구 손짓을 해대고 그 유혹을 외면할 수 없는 시기이다. 흩어져 사는 가족들은 서로 퍼즐 맞추듯 일정을 조정하여 나들이를 하게 되었다.

인터넷으로 검색하여 좋은 곳과 맛집을 찾았다. 개중엔 그전에도 다녔던 곳이 많았지만 여행이란 누구와 함께 가느냐가 중요하다. 또 한 가지 기분을 좋게 하는 것은 여행경비였다. 아들네, 딸네, 나 세 집에서 매달 가족여행 경비를 조금씩 저축하였기 때문에 목돈의 부담이 없었다. 마음의 일치도 잘되니 어디든지 다니고 먹는 것도 맘 편하게 즐길 수 있었다.

야외 테라스의 평상에 둘러앉아 카페의 대표 메뉴인 아보카도 커피를 시켰다. 아보카도를 갈아서 따끈한 커피를 붓고 시나몬 파우더와 초코를 곁들였다. 커피맛은 낯설지만 입안에서 부드럽게 퍼지는 감촉과 향이 좋다. 햇살 아래 부서지는 은빛 파도를 보며 그동안 미뤄둔 이야기꽃을 피우고, 아이들은 돌담에 핀 들꽃에 동화되어 카메라에 추억을 담기 바빴다.

제주도 화산 특유의 까만 돌은 다소 딱딱하지만 멀리 나직하게 펼쳐진 오름들은 엄마 젖가슴처럼 평온하다.

3대가 어우러져 바닷가를 걸으니 나만 호사를 누리나 싶다. 일찍 멀리 떠난 남편에게 미안하여 속내를 감추듯 웃음을 흩트려 보기도 하였다.

모래 위의 꽃들은 저마다의 무게와 색으로 군락을 이루고 해풍과 유희하며, 휴식을 위해 찾아온 여행객들에게 감동을 주고 있다.

세상살이 어찌 내 마음과 같은 사람들만 만나겠는가. 사회생활에도, 부부 사이에도 어쩌면 가까울수록 더 바람이 많으니까 말이다.

인고의 세월 짠물을 품고 서로 부둥켜안은, 딱딱하고 거친 바위틈에 심장을 묻은 풀들이 초록으로 가득하다. 정맥과 동맥이 엉켜 불끈불끈한 줄기에 파란 잎을 키워내는 생명력으로 군락을 이루고 있다.

안병욱의 책에서 본 "가정은 생의 안식처요, 마음의 보금자리"라는 글귀를 새겨본다. 극히 평범한 말이지만 건강한 가족을 포괄한 명언같이 여겨진다. 서로 다른 가정과 환경에서 만나 부부의 연으로 아이를 낳고, 가정을 이루어 한 시대의

주인공으로 살아가는 것, 그렇게 공존하며 대를 이어가고 것이 아닐까.

어느덧 나도 어른의 위치이다. 노을로 접어든 나이. 열심히 살았다고 하지만 되돌아보면 특별한 것도, 훌륭하게 남긴 것도 없다. 두 아이의 엄마로서 가정과 생활전선에서 완벽하게 살려고 최선을 다하였지만 아이들은 내 손길과 따스한 사랑에 항상 목말랐을 거다. 모정을 채워주지 못한 나는 늘 미안한 마음이었다.

그 마음 곁에는 잔정이 많은 남편과 친정 부모님이 있었다. 남편은 아이들의 하교 후 학습을 챙기고 악기와 운동을 가르쳐 주고 학원을 챙기느라 모두가 싫어하는 야간학교 근무를 십여 년 동안 자청했다. 초등학교 마칠 때까지 친정집 가까이에 살면서 아버지와 엄마가 아이들의 마음을 사랑으로 채워주었다.

그때는 부모이니까 고마움을 느끼면서도 당연하다고 생각했다. 어쩌면 아이보다 일이 우선이 될 때도 응당 나를 이해해 주리라 믿었다.

결혼한 딸네, 아들네 모두 부모가 되고 아이들과 많은 시간을 함께 보내는 것이 무척 고맙고 믿음직스럽다.

소중한 존재로 선하게 살아가도록 기도하며 〈그 초록〉 좋은 그림자를 남기고 싶다.

　오월의 초록들이 함성처럼 밀려오고, 가정의 울타리에서 내 아이들도 건강하게 자라고 있다. 해풍을 맞은 꽃들도 싱싱하게 한들거린다.

그날의 스케치

비가 오는 날은 괜스레 울적하고 슬퍼진다. 어쩌면 그 슬픔을 즐기는지도 모른다. 사람을 만나는 일이 직업이라 그런 날은 내 마음이 보일까 봐 차를 몰고 밖으로 나간다.

서울로 시집간 딸이 만삭의 몸으로 간단한 짐을 챙겨 대구로 이사를 왔다. 큰 집에 덩그러니 혼자가 된 엄마를 생각해 사위와 의논 끝에 지방근무를 2년간 하기로 하고 대구로 내려온 것이다. 물론 해산도 해야 하기에 일석이조가 된 셈이지만 엄마의 마음을 헤아려 주는 게 얼마나 기특하고 고마운지, 딸아이 부부를 반가이 맞았다.

상가건물 4층에는 내가 살고 5층에 딸네 세 식구가 기거하면서 남편의 빈 자리를 채워 주었다. 삼월에 내려와서 사위는 바로 출근을 하고, 그해 사월에 첫 외손자 세호를 낳았다. 이십 년 넘게 아이 울음이 없던 집안에 새 생명의 귀함이 오죽하였으랴. 내가 아이 둘을 낳아 키운 나의 육아 경험은 안갯속같이 희미하여 생경스럽기만 하다. 아이가 깰까 봐 숨소리도 죽였고, 울 때는 안절부절 못 해 어르며 달래어 주었다. 세호가 벙실벙실 웃고 있으면 나도 덩달아 웃음꽃이 피었고 어쩌다가 콧물이 나오고 열이 나면 온 집안에 비상이 걸렸다.

첫돌을 맞이하며 이 년이 되던 해에 사위가 다시 서울의 본사로 가게 되었다. 딸네 세 식구가 이사를 가는 날이다. 아침 일찍 화물차에 짐을 실어 보내고 나니 비가 오기 시작했다. 세 식구를 동대구역까지 데려다 주었다. 역으로 가는 동안 아이 잘 데리고 조심해서 가라는 말을 하고 나니 먹먹해졌다.

"그동안 장모님 덕분에 세호 낳아 이만큼 잘 키워서 가게 되어 고맙습니다. 건강 잘 챙기시고 자주 찾아뵙겠습니다."

사위가 침묵을 깼지만 나는 아예 말이 나오지 않았다. 마치 화가 난 사람같이 무거운 기류가 차 안을 메웠다. 차도에 차를 세워 부슬부슬 내리는 봄비 속으로 세 식구를 내려놓고 나니 뒤차가 밀려들었다. 그 바람에 손을 흔드는 딸에게 잘 가라는 흔한 말도 못 하고 핸들을 돌려 나올 수밖에 없었다.

'이런 날, 비는 왜?'

한 움큼 쥐었던 모래가 모두 흘러내린 빈손뿐임을 느꼈다. 허기보다 더 무서운 허전함이 온몸으로 엄습해 오며 나도 모르게 눈물이 쏟아졌다. 길옆에 차를 세우고 엉엉 울었다. 내 몸 어디에서 그런 많은 눈물이 고여 있었을까. 그것은 눈물보다 진한 이별의 절규였다고 할까.

예기치 못한 남편의 병환으로 살아생전에 사위라도 본다는 강박감에, 죽음의 절벽 앞에서 치른 드라마 같은 딸의 결혼식이었다. 평온하게 결혼식을 치렀다면 친정 엄마의 손이 참으로 많이 필요하였을 것이다. 투정도 해볼 것을, 직장 다니며 혼자 결혼식 준비하랴, 병상의 아버지 만나러 오랴, 바쁘게 동동거린 딸의 모습을 생각하면 애잔함이 가슴 가득 어려온다. 미안한 마음은 사위에게도 더하다. 공부만 하다 급하게 결혼식을 치르게 된 사위의 모습이 떠오르면 지금도 미안한 마음이다.

나를 응시하고 있는 윈도 브러시는 열심히 빗물을 걷어내 주었다. 딸은 부모의 욕심에도 말썽 없이 착하게 잘 커 주었다. 남편과 함께 대학교 기숙사에 딸을 데려다 주고 헤어지면서 나는 마구 울었다. 그때가 부모와의 첫 이별이었고 이제는 한 지붕 아래에서 나누던 오붓함은 끝인가 싶었다. 돌이킬 수 없는 과거는 잘한 것보다 후회가 더 많아 나를 더 슬프게 하였다. 전통 깊은 대학교의 기숙사였어도 삐걱거리는 마루며

그리움─우듬지에 새를 날리다─

G.Bell,

딱딱한 철 침대였다. 딸을 홀로 두고 돌아오자니 마음이 짠했다. 이제는 민들레 홀씨가 되었구나, 라는 마음이 들었다. 하지만 그때는 든든한 남편이 옆에 있었기에 첫딸을 낳아 키운 벅찬 감동으로 울고 웃지 않았던가.

잘 도착하여 짐도 정리가 되고 세호도 잘 지낸다는 딸의 밝은 목소리에 나도 목소리를 가다듬어 보조를 맞추었다. 세 가족이 떠난 텅 빈 집에 올라가 전기 스위치를 켰다. 남쪽나라로 떠나 남겨진 제비 집같이 쓸쓸하다. 세월이 가면 빛이 바래지는 사진과 달리 지나간 시간들이 구석구석 오버랩된다.

세호 옷장이 위치한 자리에 백 원짜리 은전 하나가 불빛에 반짝인다. 돌을 앞두고 세호가 동전을 삼킨 것 같아 딸과 내가 혼비백산이 된 일이 있었다. 응급실에 가서 사진을 찍었지만 의사 선생님은 동전이 보이지 않는다며, 뱉었을 수도 있으니 집에 가서 잘 찾아보라고 하였다. 그때 보이지 않던 그 동전인 것 같았다. 핑계 삼아 목소리 톤을 높여 딸에게 황급히 전화를 했다. 그때 그 동전을 찾았다며.

까만 애비

"사모님, 정말 오랜만입니다."

"그래, 지금껏 함께 지냈구나."

"사모님은 지난 세월만큼 많이 변하지는 않았네요. 저 보세요. 이렇게 너덜너덜 낡았어요. 팽팽한 살결도 아기 곰을 수놓은 옷도 세월 이기는 장사는 없나 봅니다. 그래도 도련님의 극진한 사랑이 있어 30년을 함께 지냈지요. 덕분에 미국까지 따라가서 살아보기도 하였고요."

2012년 가을, 귀국하여 바로 첫 취직을 한 아들 집에 들렀다.

방문을 열자 아기 곰이 아플리케 된 조각이불이 반갑게 나를 맞는다. 오랜만에 지나간 이야기를 하자는 것이다.

큰딸이 유치원에 다니고 막내인 아들의 첫 생일을 두어 달 앞두고 있었다. 남편은 여전히 학교에 교사로, 나는 시장에 나가 장사를 시작하였다.

"사모님이 살갑게 구입한 핑크와 베이지 조각이불에 곰 아플리케 된 친구는 따님 것, 베이지와 브라운 조각이불에 아기 곰 아플리케된 저는 아드님 것이 되었지요."

"작은 아파트였지만 음악을 하는 선생님과 할머니 두 분이 도련님을 정성으로 돌보던 그때부터 저는 행복했어요. 그 행복의 인연이 여기까지 올 줄 누가 알았겠어요."

같은 아파트에 친정집과 문을 마주 보는 아파트에서 엄마와 가정부에게 두 아이를 맡기고 출퇴근을 하였다. 유난히 엄마에게서 떨어지지 않으려는 아이 몰래 살그머니 빠져 나오다가 눈치를 챈 아이의 울음소리에 가슴이 아파 걸음을 멈추었다가 울음을 그쳐야 발걸음을 옮기기도 하였다. 세상에서 엄마가 전부인 어린아이에게 채워지지 않는 갈증이었으리라.

"사모님, 그때부터 저는 도련님의 보모가 되었지요."

엄마가 가게에 나가고 없을 때, 아들은 엄마 젖 냄새와 체취가 배어있는 그 이불만 찾았다. 브라운의 이불을 두 할머니가 줄여서 '까만 이불'이라고 불렀다. 말을 겨우 배우던 시기

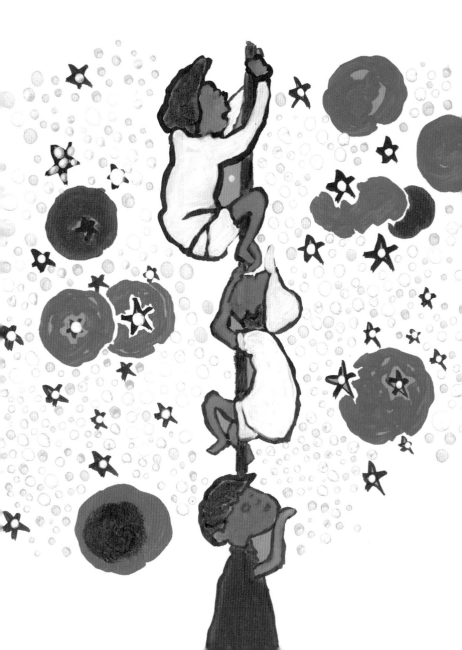

에 아이가 '까만 애비'로 부르던 것이 이름이 되었다. 잠이 와서 칭얼댈 때도, 잠을 잘 때도 모서리를 잡고 입 주위와 이마에 살랑살랑 문지르며 엄마 품인 양 잠들곤 하였다.

"따님이 쓰던 제 친구 핑크색 곰 이불은 벌써 버리고 다른 것으로 교체되었지만 저는 그대로 도련님 곁에서 사랑을 받았지요. 물론 다른 이불을 구입해 주었지만 저만 찾았으니까요."

"초등학교에 입학을 한 후 사모님은 제가 너무 낡았다고 도련님 몰래 돌돌 말아 아파트 쓰레기 투입구에 집어넣었다가 한바탕 난리가 났지요."

"그때 저도 깜짝 놀랐어요. 저에 대한 도련님의 집착이 그렇게 강할 줄 몰랐거든요. 울고 떼쓰며 까만 애비만 외치는 소리가 지하 쓰레기 창고에까지 들렸어요."

"제 온몸은 쓰레기를 뒤집어썼지만 그런 건 안중에도 없었어요. 빨리 뛰어나가 도련님 곁으로 돌아가고 싶을 뿐이었어요."

"저도 지독히 도련님 편이었나 봐요. 사모님을 많이 원망했으니까요."

도저히 아이의 집념을 꺾을 수 없다는 것을 그때 깨닫고 아파트 경비 아저씨에게 달려가서 열쇠를 받아 급히 쓰레기통

입구를 열었다. 쓰레기를 뒤집어쓴 이불을 끄집어내어 씻으면서 아이에게 엄마가 잘못했다며 빌고 또 빌었다. 아이를 부둥켜안고 재워 놓고도 밤새 울었다. 그 이후로 중학생이 되고 고등학생이 되면서 공부에 매진한 아들은 피곤에 지칠 때도 그 이불을 뒤집어쓰고 잠이 들곤 하였다.

"미국까지 따라갈 때 다른 짐들은 배편으로 보냈지만 저는 기내가방에서 호강을 하며 따라갔지요. 그 깊은 사랑에 저도 최선을 다해서 도움이 되려고 다짐했답니다."

"3년 만에 박사 학위를 받아 오겠다고 사모님과 약속을 하고 떠났지요."

"영어로 논문을 쓰고 발표하기 위해 꼬박 밤을 새우고, 잠시 눈을 붙이려 하면 달아난 잠이 잘 오지 않았어요. 제가 할 일이라고는 불면에 시달리는 도련님을 잠들게 해 주는 것이지요. 비록 늙은 몸이지만 엄마 품같이 평온한 요람을 느끼게 해 주고 싶었답니다."

"약속대로 3년 만에 박사 논문이 통과되던 날, 들뜨고 흥분된 마음은 저도 똑같았어요. 고국의 어머니에게 그 소식을 전하는 날 침대 위에 널브러진 저를 얼굴에 두르고 뒹굴었어요. 저도 너무 기뻐 흐느끼며 울었답니다."

애잔한 마음이라고 할까, 설움이라고 할까. 갑자기 내 가슴을 후려치는 감격이 스치고 갔다.

"그래 너의 공이 정말 크구나."

"까만 애비 너는 내 아들의 엄마였고 요람이었다."

"네가 있어 우리 아들이 얼마나 포근하였겠니."

"사모님 제 몸이 해져 아플리케 된 조각이 떨어져 나가도 교수님과의 인연은 그리운 올드 블랙 조로 남을 거예요."

나는 까만 애비를 가슴에 품었다.

돼지고기 수육

　구수한 냄새가 온 집 안 가득히 퍼진다. 방학이 되어 모처럼 3대가 모였다. 식구들이 돼지고기 수육이 먹고 싶다 하여 잘 아는 식육점에서 암퇘지 삼겹살을 구입하여 평소에 하던 대로 삶았다. 고기가 익을 동안 상추와 깻잎을 씻고 쌈장도 만들어놓고 싱싱한 풋고추와 양파도 곁들여 한 소쿠리 담았다. 한 시간쯤 지나서 삶긴 고기를 칼끝으로 쿡 찍어보니 하얀 물이 솟는 게 잘 익었다는 표시였다.

　식탁에 식솔들을 불러 앉히고 보니 대를 이어 닮은 모습에 내 입가에 미소가 번졌다. 금방 건져낸 따끈따끈한 고기를 숭덩숭덩 썰어주니 모두 꿀맛이라며 엄마도 함께 먹자고 성화를 해대었다. 맛있게 먹는 모습을 보며 난 좀 있다

먹겠다고 다른 일을 하는 척 밖으로 나왔다. 아이가 한 점 집어서 내 입에 넣어준 고기에 목구멍까지 차오른 설움에 엉엉 울고 말았다.

작년 이맘때 엄마는 신장암 시한부 선고를 받았다. 구순 노인은 수술도, 항암도 하기에는 기력이 따라주지 않았다. 의사도 포기하고 약해진 부분을 보충하고 고통을 덜기 위한 진통제를 쓰기로 하였다. 그날부터 아침 시간이 용이한 내가 엄마와 함께 꼭 아침 식사를 하겠다고 다짐하였다. 집에 계실 때는 집으로, 병원에 입원하면 병원에서 함께 식사하였다. 처음에는 손사래를 치셨지만 며칠 지나고부터는 오히려 기다리시는 것이다.

병원의 식사 시간은 빠르고 정확하다. 병실 문을 열고 들어갈 때는 여유 있는 척하지만 평소에 즐겨 드시는 반찬 몇 가지 장만해서 도착할 때까지는 매일 허겁지겁이다. 날이 갈수록 식욕이 떨어지고 진통이 잦은 엄마를 보면 가슴이 아팠다. 아침을 드시고 엄마 턱밑에서 응석을 부리며 물어보았다.

"엄마 지금 제일 먹고 싶은 게 뭐예요?"

"의사 선생님이 허락해 주실는지, 먹고 죽더라도 뜨끈뜨끈한 돼지고기 수육 한 접시가 제일 먹고 싶다."

엄마는 평소에 우리에게 돼지고기 수육과 삶은 닭을 즐겨

94

해 주셨다.

무엇이든 자식에게 해 먹이고 이 자식, 저 자식 말을 모두 들어 주시던 엄마는 우리들의 든든한 울타리셨다. 그런 엄마가 지금 시한부라는 사실을 당신은 알면서도 모르는 척하시는지 서로가 말 못 하고 아파 누워 계신다. 평소에도 천식기가 심하면 혼자 가까운 병원에 입원하시고는 목소리를 다듬어 서울 아들에게 먼저 전화를 하셨다.

"나는 경로당에서 시원하게 잘 지내고 있다."

너스레를 떨다가도 한집에 사는 막내아들을 통해 딸들에게 들키곤 하였다. 멀리 떨어져 사는 서울 아들이 마음 쓰일까 봐 미리 입조심을 시키는 것이다.

엄마가 아프고 난 후로 돼지고기가 해로울까 봐 한참을 해 드리지 못하였고 우리들도 먹지 못했다. 쇠갈비도 아니고 청요리도 아닌 돼지고기 수육을 먹고 싶다 하시니 마음이 아프다.

언니가 금방 사 온 따뜻하고 야들야들한 수육 한 접시를 아무도 없는 병원 휴게실에서 세 모녀가 머리를 맞대고 먹었다. 그날, 세상에서 제일 맛있고 가슴 아픈 만찬을 즐겼다.

아이들에게는 적신 눈물을 양파 때문이라고 하였지만 다시는 함께할 수 없는 그리운 내 엄마의 돼지고기 수육이었다.

목련꽃에 젖다

어제 저녁 핸드폰에 담겨온 목련꽃 영상에 가슴이 설렌다. 내일 아침에는 꼭 그 곳에 가려고 마음먹고 머리맡에 얇은 파카도 내어 놓는다. 누군들 지나온 추억의 그리움이 없으랴마는 해마다 이맘때면 스멀스멀 생각이 난다. 까만 가지에 우윳빛 목련꽃의 큼직한 송이송이는 겨울을 참고 이겨낸 집념의 사람같이 여겨진다.

잠결인지 꿈결인지 창문을 톡톡 튕긴다. 움츠렸던 차가운 머리의 이성이 봄비처럼 포근하게 가슴으로 내린다. 겨우내 따스하게 감싸주던 이불을 박차고 일어나 밤새 추위에 언 자동차에 시동을 건다. 찬 기운이 코끝에서 달랑이지만 훈풍이 감도는 봄기운이 상쾌하게 살갗을 파고든다.

나지막한 산과 호수가 있는 그곳은 엉클어지고 구겨진 내 마음을 풀어주는 곳이다. 자동차 지붕 위로 똑똑 떨어지는 빗소리는 상념의 보자기를 풀어 헤친다. 이런 날은 살아있는 피붙이의 인연보다 안갯속같이 희미한 영혼이 그리워지고 보고파진다. 봄을 만나 묵언으로 나누는 즐거움을 오붓이 누린다. 푸르른 기운이 내 눈을 밝게 하고 내 심안心眼을 열어 주어 정신적 허기를 채워준다.

저수지 옆 목련꽃이 보이는 소나무 아래 자동차를 세웠다. 비에 젖어 송이째로 똑똑 떨어져 땅바닥에 누워있는 목련꽃의 처연한 모습, 유독 그곳에 눈길과 마음이 꽂힌다. 너무 희어 가볍지 않는 상앗빛의 우아함과 순결함으로 삭막한 겨울을 뚫고 나오는 목련이 아니더냐. 하물며 꽃망울도 이리 생명력이 강한데 어찌 그리도 짧은 명을 타고났을까.

꽃이 필 때 우아하고 고고한 모습은 오간 데 없고 비에 젖어 통째로 널브러진 모습이 되어 힘들게 피운 꽃의 한 생이 사라져 간다. 사람의 모습도 저렇게 닮아 가는 것일까. 까치 두 마리가 꽃의 장례를 애도하듯 이 가지 저 가지를 오가며 떠나는 아쉬움을 표하고 있다.

목련꽃 색깔로 새로 구입한 자동차는 우리 가정의 행복과 불행을 함께 공유한 역사이고 친구였다. 지금쯤 너도 이

세상에서 사라졌을지도 모를 일이지만 추억만은 아련하다. 네가 우리 집 마당에 처음 오던 날 목련꽃처럼 우아하였다. 남편은 억울한 배신과 선거에 시달린 마음을 달래려고 밝은 색상을 선택 하였다. 살가워서 몸체는 항상 광채가 나게 닦여져 있었다.

남편은 정장 차림으로 제일 먼저 너를 데리고 시아버님의 산소에 들렀다. 일찍 돌아가시어 아쉬움과 그리움이 가득한 마음으로 자주 찾던 곳이다. 생에 제일 억울하고 서러웠던 사연을 풀풀 쏟아내고 와서는 그늘 없이 환해진 모습이 참 좋았다. 아들딸 뒷좌석에 태우고 그이와 나란히 앉아 담소하며 호프집에서 생일 파티도 하였지. 성인이 되면 지켜야 할 주도는 어른이 가르쳐야 한다며 시범도 보인 그였다.

그런 행복으로 나의 하늘은 높았고 땅은 넓었다. 그와 함께한 날들이 내 삶에 제일 진한 색채로 남아 있기에 내 상념에는 항상 그가 함께 묻어 있다. 꿈에 그리던 사옥을 짓고 그이는 한 층 전체를 음악실로 꾸미고, 갖고 싶어 하던 그랜드 피아노도 들여 놓았다. 그는 몇 밤을 늦게까지 악기를 정리하여 진열하고 사옥 오픈식도 하였다. 그날 아침부터 태풍 같은 비가 왔지만 집 전체가 화환으로 가득하였고, 축하 분위기는 밤 늦도록 출렁거렸다.

목련꽃을 피우기 위해 겨우내 뿌리는 언 땅에 물을 끌어 올리고 가지는 추운 겨울을 버텨 피웠지만 목련꽃은 그리도 빨리 져 버렸다.

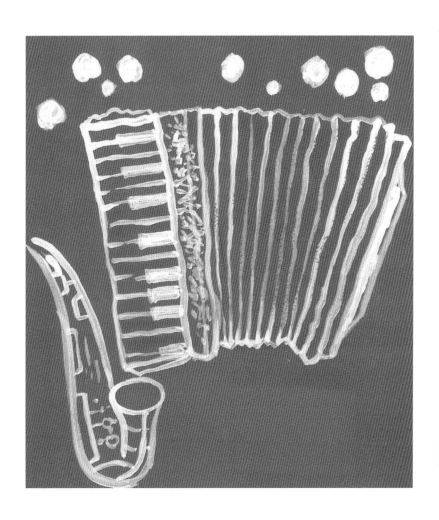

사랑의 메아리

이른 아침부터 전화벨 소리로 분주하다. 엄마 생신과 두 남동생의 생일이 모두 오월이기에 생일 축하 겸 가정의 달을 맞아 온 가족이 한자리에 모인다. 오 남매의 일정을 조정하여 주말을 택한다. 올해도 큰남동생 별장에서 만나기로 하였다. 벌써부터 그날이 기다려진다.

서울에 사는 큰남동생이 원주 문막에 예쁜 별장을 지었다. 집이 아닌 별장이라는 말만 들어도 부의 상징처럼 기대감이 솟는다. 날을 받아 집들이를 하게 되어 친정가족 모두 들뜨고 기쁜 마음으로 모였다.

집 앞에는 동강의 물살을 타고 아찔하고 신나게 래프팅을 즐기는 사람들이 있어 젊음이 넘치는 곳이다. 강 뒷산에는 소나무 군락과 잡나무들이 어울려 숲이 울창하다. 대문에 들어서면 수호신 같은 소나무 두 그루가 마주 보며 붉은 껍질이 거북등처럼 터져 굽어진 것이 용의 꿈틀거림 같다. 용꿈을 꾼 엄마의 꿈 해몽과 아버지 함자의 '용'을 따서 그날부터 용송이라 부르며 '아버지소나무'가 되었다.

평생을 교육자의 길을 걸은 꼿꼿한 아버지이시다. 남에게 도움받지 않고 남의 나쁜 말도 하지 않으신, 교육자로서의 사명감과 가족에게 충실히 살아오신 분이다. 칭찬이 인색한 아버지에게 인정받기 위해 우리 남매는 많은 노력하였지만 엄하고 무섭기만 하였다.

큰남동생이 대기업에 다니다가 삼십대에 개인 사업을 한다며 사표를 냈다. 평생을 월급으로 비교적 안정된 생활을 하신 아버지는 사업을 한다는 아들을 아주 못마땅해하였다.

대기업의 대리점을 따려면 담보물이 필요하였기에 아버지가 사시는 대구에 작은 집을 담보로 넣어 달라고 세 번을 간곡히 부탁하였다. 하지만 아버지의 단호한 거절 앞에서 번번이 눈물을 훔치며 무거운 발걸음으로 돌아간 동생이 가슴 저리도록 안쓰러웠다.

"자식이 다섯인데 너만 혜택을 줄 수 없으니 네가 알아서 해결해라." 하시며 자리에서 일어나 밖으로 나가시면서 눈시

울을 적시는 아버지의 모습에 더 이상 말을 할 수가 없었다. 우리 남매 역시 동생에게 아무런 힘이 되어 주지 못하였고 우리들은 그런 아버지를 원망했다. 하지만 동생은 아버지 말씀 대로 하겠다며 따라주었다.

우리 오 남매는 그때부터 자립정신이란 단어를 새기며 살았다. 객지에서 자수성가하기까지 젊음의 패기와 인내, 오기로 여기까지 달려온 동생이 대견스럽기도 하고 자랑스럽기도 했다.

아버지가 돌아가시기 이 년 전, 푸르름이 가득한 정원에 푸짐하게 차려진 식탁에서 아버지는 큰아들과 큰며느리, 두 손자 손부까지 불러 세웠다. 큰동생의 능력을 진정으로 인정한다면서 한 손에는 당신의 큰아들 손을, 또 한 손에는 큰며느리 손을 번쩍 들어 주셨다. 과묵한 당신은 엄마의 손을 잡으며 그간 수고했다면서, 우리 식구 모두 각자 주어진 자리에서 열심히 잘 살아주어 고맙다고 하셨다. 그리고 우리 모두에게 "사랑한다!"고 하셨다.

큰동생은 아버지 손을 잡으며 아버지의 '자립해야 한다.'는 강한 의지와 보이지 않으려는 눈물을 보며 큰 힘이 되었다고 목메어 말했다. 처음으로 하신 아버지의 칭찬에 감사하며 그 자리에 함께한 가족 모두가 눈시울을 적셨다. 그렇게 아버지의 마지막 가족 사랑 메시지를 남기고 88세에 편안하게 눈을 감으셨다. 온 집안이 모인 자리에서 큰동생이 아버지 귀에 대고 속삭인 말이 있다.

우리 오 남매는 평소에 아버지는 인색하고, 엄마는 통 크다고 우스개처럼 말하였다. 아버지가 남기신 땅이 공단에 편입되었다. 큰동생은 보상금을 오 남매에게 분배했다. 그리고 아버지 통장의 현금은 동생이 돈을 보태어 집안 장학금을 만들었다. 평생 교육자의 길을 걷기까지 어려운 집안 살림으로 고생하며 학업하신 아버지를 기리는 뜻일 것이다. 원금의 이식 덕에 조카들의 대학 등록금은 걱정이 없었고, 그 이후로 친정의 모든 행사를 공동 경비로 지불하고 있다.

아버지의 큰 뜻을 일궈낸 큰동생과 따라준 형제들, 특히 사랑하는 올케들까지 저세상에서 아버지, 어머니가 칭찬하고 계실 것이다.

비좁도록 붙어서 활짝 웃으며 찍은 가족사진은 오월처럼 싱싱하고 행복하다. "사랑한다."는 말씀이 내리사랑으로 전해지고 용송은 올해 또 키를 키울 것이다.

사랑에 빠진 그녀

살면서 할 일이 있다는 건 얼마나 행복한 일인지 모른다. 그것이 남을 위한 봉사라면 더욱 값지고 따뜻할 것이다. 흔한 말로 '사랑의 반대는 미움이 아니고 무관심'이라고들 한다. 그래서 사랑한다는 것은 누구에게 관심을 갖고 샘물처럼 깊은 곳에서 우러나는 마음을 퍼 주는 것이 아닌가 싶다.

그녀는 동트는 새벽부터 분주하다. 아침상을 차리고 제철 과일도 씻어 껍질을 벗기고 썰어 정갈하게 한 통 담는다. 고양이 걸음으로 살금살금 계단을 딛고 내려가 아래층의 남자가 일어났는지 동정을 살핀다. 행여 다른 식구들의 곤한 잠을 깨울까 싶어 남자가 자고 있는 방문을 빠끔히 열고는 나오라고 손짓한다. 엊저녁 마신 술에 목도 컬컬한 남자, 알았다는 듯이 가라고 손짓을 한다.

새벽부터 끓여놓은 국을 몇 번이나 덥힌 후에야 이층으로 올라온 그 남자, 차려놓은 아침상을 보고는 미안하였는지 앞으로는 이러지 말라며 핀잔 한마디를 던진다. 국 사발에 밥 한술 떠넣고 후루룩 들이켜는 모습에 그녀는 흐뭇하게 웃음을 머금는다.

미안한 마음에 툴툴거리며 나가는 남자의 손에 억지로 과일 통과 물통을 건넨다. 맘이 내키지 않지만 웃으며 인사하는 그녀의 정성을 마다할 수 없어 객쩍은 웃음으로 집을 나선다. 그녀는 이층 창문을 열고 그 남자의 뒤를 바라본다. 대문 밖 모퉁이를 돌아 보이지 않을 때까지 손을 흔들어 준다.

그녀의 사랑은 여기서 끝이 아니다. 그 남자의 식구들이 모두 나간 빈집에 살며시 침입한다. 고양이가 동그랗고 노란 눈으로 "야옹" 하며고 째려보며 저는 집에 있다고 신호를 보낸다. 야시 같은 것, 가끔 맛있는 고등어 껍질과 고기 뼈를 챙겨줄 때는 갖은 아양을 떨더니만 오늘은 무슨 심통이 났는지 노려보기만 한다. 그녀는 그 남자가 어제 벗어놓은 작업복을 세탁기에 넣어 돌린다. 햇볕 쨍한 빨랫줄에 가지런히 널어 말려 정갈하게 개어 둔다. 이불을 들어내는 건 힘에 부쳤지만 양지 바른 햇볕에 말려 가지런히 침대 위에 펴놓고는 쓰다듬어 본다. 속옷과 수건 그리고 땀이 밴 베갯잇은 푹푹 삶아 햇볕에

뽀송하게 말려 챙기고는 개운해한다.

그녀가 힘들까 봐 부담스러워만 하는 그 남자. 지성이면 감천이듯 그 남자가 그녀의 사랑을 받아들인다. 그녀가 퍼붓는 정성을 늘 미안해하던 그 남자의 입에서 드디어 감사의 말을 듣는다. 그녀가 싸준 과일을 동료들과 잘 나누어 먹었다며 빈 통을 슬그머니 내밀며 "그것이 없었다면 출출했다."고 너스레를 떤다. 마땅히 할 일을 했다는 마음에서인지 그녀의 입가에는 미소가 가득하다. 그 남자, 술을 좋아하기에 술친구도 다양해서 늦게 들어오는 날이 다반사이다. 아무리 늦어도 기다리다 인기척이 나면 살며시 내려가 신발을 확인하고서야 안심을 하고 잠자리에 드는 그녀이다.

친구가 좋아 밖을 돌던 그 남자, 서서히 술자리를 줄이고 그 시간에 색소폰을 잡더니 요즘은 연주하는 재미에 푹 빠졌다. 다른 사람은 삑삑대는 금속음이 시끄럽다지만 그녀는 그 소리가 너무 행복하다. 쉬는 날에는 그녀와 시골 텃밭에 함께 가서 둘만의 시간을 가진다. 그녀가 좋아하는 과일과 생선, 고기도 사다 나른다.

그녀는 강직한 교육자의 아내였다. 병마로 고생한 남편을 지극정성으로 모시며 미운 정 고운 정으로 평생을 함께한 남편을 7년 전 저세상으로 보냈다.

연꽃 칸테라
G. Bell

엄마 머리맡 네모 박스에는 약봉지가 가득하다. 불면과 고질적인 천식으로 숨이 가쁘고, 곧고 훤칠했던 체구는 척추협착증으로 키도 작아졌다. 박꽃같이 하얀 피부는 91년의 세월 속으로 빠져나가고 검버섯과 주름이 출렁거린다. 먼저 떠난 아버지께 잠결에 데려가 달라고 매일 기도하고, 부처님의 법문을 쓰고 읽는다.

자식들이 원근에 있다지만 함께 살지 않기에 엄마가 집전화나 핸드폰을 받지 않을 때는 안달이 나서 달려가 확인한다. 연로한 엄마를 혼자 둘 수가 없다고 생각하여 막냇동생 식구가 엄마 집에서 함께 살고 있다.

엄마에게도 할 일이 생긴 것이다.

어머니에게 보내는 편지

　어머니!

　어머니의 첫 기일을 지내러 큰동생 집으로 갑니다. 가는 길옆 차창 밖으로 스치는 들과 산의 풍경은 가을이 깊어가고 있답니다. 작년 이맘때 어머니 계신 병원 통유리 밖의 고운 단풍꽃처럼 옷들을 갈아입었습니다. 한 생을 함께한 희로애락의 조각들이 이어져 가을 풍경 위로 스칩니다. 가슴속에 추억만 남은 어머니를 뵈러 가는 길이 아직은 실감이 나지 않습니다.

　향을 피워 올리니 향 내음만 남고 하얀 연기는 하늘을 향해 날아가고, 어머니가 이 세상을 떠나셨듯이 사라져 가고 있습니다. 살아생전 그대로 한복을 입고 다소 굳은 표정의 미소를 머금은 영정사진과 신위神位가 어머니의 자리가 되었네요. 먼저 가신 아버지, 할아버지, 할머니도 함께 떠올리며 자손들 모두 제상 앞에 앉습니다. 오늘은 초헌, 아헌, 종헌을 마치고도 오남매와 식솔 모두가 잔을 올리고 그간에 하고 싶은 말들을 합니다. 남겨진 식솔들 저마다 열심히 살고 있다지만 어머니 부재의 허전한 마음을 핸드폰 영상으로 주고받으며 안부를 전합니다. 오늘 큰동생 집은 삼대 식솔들이 모여 언제나 따스했던 어머니의 미소와 눈빛을 그리워하고 있습니다.

"그래 괜찮아."

"팔자대로 살아라."

하시던 따스한 말 한마디가 삭막한 세상에 막힌 가슴을 쓸어내려 주었습니다. 말 못 할 억울함도 내 편이 되어주던 어머니, 달이 비치는 밤은 더욱 보고 싶습니다. 어머니의 빈자리는 해 질 무렵 어둑해지면 엄마의 그림자조차 보러 갈 곳이 없습니다. 이제는 친정이 엄마 집이 아닌 남동생 집이 되었습니다. 제사상을 푸짐하게 차려 놓은 친정 올케의 정성이 엄마 사랑하는 마음 같아 언니와 나는 마음이 좋습니다. 보름달 같은 두레상에 머리 맞대고 먹던 엄마의 곰삭은 손맛, 찐 고추무침과 양념간장, 촉촉하게 구운 생선과 한 사발 넘치는 추어탕도 이제는 이승에서 함께한 추억으로 남습니다. 머리 희끗

희끗한 자식들이지만 한때, 젖 뗀 아이같이 좁은 소견도 보였습니다. 하지만 이제는 잘할 수 있습니다.

햇살 따스한 늦은 가을날 서둘러 소풍을 갔었지요. 어머니를 휠체어에 태우고 두 딸과 두 간호사와 함께 간 송해공원의 옥연지는 그날 더욱 깊어 보였어요. 파란 가을 하늘에 청초한 코스모스를 보며 티 없이 웃으시는 어머니의 모습은 마음 잘 닦은 보살의 모습이었습니다.

송해 씨의 동상에 동갑내기라고 악수를 하며 '친구 잘 있다 오세.' 하시던 인사 말씀에 당신은 이미 저세상으로 가실 것을 예견하였습니다. 그때 우리는 서로 말은 못 하였지만 이 세상에서 함께할 시간이 얼마 남지 않았음을 알았지요.

육칠십의 딸 둘이 맘껏 재롱을 부렸지만 다시 함께할 수 없는 이 순간을 생각하니 가슴에는 하염없는 빗물이 내렸답니다.

요즘 나는 매일 엄마께 전화합니다. "지금은 전화를 받지 않습니다. 다음에 연락주시기 바랍니다." 저승에서도 뭐가 그리 바쁘실까요, 우리 엄마. 전화기를 두고 외출하셨으리라 믿습니다.

이 세상에서 부모와 자식의 인연으로 만나 가족이란 울타리 안에서 함께 기뻐하고 때로는 엄하여 애가 타는 안타까움을 공유하였지만, 엄마는 기도하는 마음으로 자식을 기다려 주었지요. 그러한 모정의 따스한 마음과 사랑이 저희 오 남매 가슴에 뿌리내려 있습니다.

삶과 죽음이 하나이듯이 죽음은 내세에서의 또 다른 출발이라고 합니다. 언제 무엇이 되어 다시 만날까요. 무슨 표시로 알아볼까요.

어머니가 잘 키우시던 군자란을 어머니 보듯 키울게요. 다음 생에는 어머니가 저의 딸로 태어났으면 좋겠습니다. 어머니에게 받은 사랑을 꼭 갚고 싶어서요.

오늘도 어머니 손주들이 "할머니 보고 싶어요." 하며 저리도 웁니다. 속정이 깊게 스며들었나 봅니다. 이 모든 것이 보고 들은 내리사랑이라 생각하며 어머니의 편안한 미소가 전율처럼 전해집니다.

어머니 그곳은 편안하신지요. 그곳에서는 아프지 말고 행복하게 지내십시오.

은행나무

해거름의 교정은 을씨년스럽고 무서우리만큼 고요하였다. 교문 옆 아름드리 은행나무가 나를 반겼다. 고목이 된 나무는 살이 갈라진 채 그 자리를 묵묵히 지키고 있었다. 황량한 겨울에는 잎을 다 떨군 채 묵언하듯 교정을 지키고, 봄이 오기 시작하면 싹을 피우고 살아있음을 보였다. 한여름에는 짙푸른 잎으로 그늘을 만들고 가을이면 노란 잎과 황금의 은행 알을 영글어내어 한 해의 잔영을 찬란하게 불태운다.

내 아버지도 그 교정에서 청춘을 불사른 분이다. 평생 교육자의 길을 걸으시다가 팔십팔 년의 세월을 등지고 잿불 꺼지듯 조용히 세상을 떠나셨다. 아직도 사십 년 교직 생활의 삶이 학교 곳곳에 서리서리 박혀있다.

아버지가 어렸을 때는 온 나라가 지독히도 힘든 시기였고 집안 또한 가난했지만, 배우고 싶은 일념으로 고학을 결심했다. 성주에 있는 농림학교에 입학하였지만 3학년 때 일본에 징용되었고, 천신만고 끝에 탈출하여 고국으로 돌아왔다. 전쟁도 그의 꿈을 막지 못하였기에 학업을 마치고 고향인 이 학교에 발령을 받았다. 운동장 가득히 아이들의 함성이 들려오고 교정의 나무들도 한창 푸르렀을 것이다.

나 또한 이 학교의 학생이었던 그 시절, 교실은 부족하고 학생들은 넘쳐나 한 반에 육칠십 명은 보통이었다. 저학년 때는 교실 하나를 오전 오후반으로 나누어 수업을 하였고, 동네에 두세 살 위의 언니 오빠들도 같은 반에서 공부했다.

따스한 오월부터는 무성한 떡갈나무 아래가 교실이 되었다. 공부를 하다 보면 머리와 책 위로 손마디만 한 벌레가 뚝뚝 떨어져 한바탕 소동이 벌어지곤 하였다. 그래도 나무 둥치에 매달린 칠판을 보며 수업은 진행되었다. 한때 화장실에 달걀귀신이 있다는 소문이 돌고부터는 화장실을 갈 수가 없었다. 몇 명씩 땀이 밴 손을 꼭 잡고 소리를 지르며 통과해야 했던 그 길을 지나니 황혼이 된 내 입가에 웃음이 절로 난다.

지금의 아이들은 상상도 못 할 학교 생활이었지만 배움에 목마른 그 시절이었다. 일손이 부족한 농촌 아이들은 농사일을 도와야 했다. 사내아이들은 소꼴을 베기 위해 들판으로 나다녀야 했고, 겨울에는 땔감 나무를 마련하기 위해 산을 오르내려야 했다. 여자아이들은 부엌에서 엄마를 돕는 일도 마다하지 않았다. 일손이 모자라, 때로는 논밭에서 일하는 일꾼들에게 새참을 나르기도 했다. 새참을 머리에 이고, 손에는 막걸리 주전자를 들었다. 농번기의 바쁜 현실 앞에서 불평할 수도 없이 순응하면서 살았다. 마음 놓고 학교에 다닐 만한 집은 면소재지에 사는 몇 명뿐이었다.

아버지는 시골 구석구석을 찾아다니며 '공부는 때가 있다.'고 부모를 설득하여 많은 아이들을 학교로 데리고 나왔다. 성품이 곧고 말수가 적어서 학생들이 무서워하는 호랑이 선생님이셨다. 그러나 집안이 어려운 아이들의 기성회비를 몰래 대신 내주는가 하면 도시락을 싸 오지 못한 학생들에게 배급 나온 옥수숫가루를 듬뿍듬뿍 나누어주었다. 혹 아이들이 문제를 일으켜도 그는 항상 아이들의 편이 되어주었고, 교사로서의 사명감도 커서 교장, 교감 선생님의 신임도 두터웠다.

학교의 발전을 위해 관내 유지들과 의논해가며, 학교와 학부모 사이에 다리 역할도 맡아 하시었다. 장마철 개울이 넘쳐 건너가지 못하는 학생을 우리 집에 재우기도 하였다. 그것은 단순히 고향이기에 가능한 일이 아니라 교육자라는 그의 유

난스러운 사명감 때문이었을 것이다. 그런 감사의 표시로 감자며 개구리참외 등을 가져다주는 학부모들이 우리 집에 수시로 드나들었다.

하지만 한 동네 친구들은 선생님이라는 두려움으로 우리 집에 오는 것을 꺼리기도 하였다. 아버지가 교육자이기에 모범을 보여야 한다는 엄마의 말씀은 우리 남매들에게 부담이 되었다. 그래서 우리들은 선생님인 엄한 아버지가 싫을 때도 있었다.

그렇게 존경받고 엄한 선생님의 자리는 이제는 먼 옛날이야기가 되었다. 교실 지붕이 되어주던 떡갈나무, 숙직실 옆 화사하던 벚꽃나무, 아름드리 은행나무도 오랜 풍파에 시달려 뭉텅해지고 갈라졌다. 그러나 나는 지금도 곽 선생의 딸이다.

학교가 황량한 것은 계절 탓만은 아니리라. 고무줄 놀이하던 서편 운동장에는 마른풀이 어른 키만큼 숭숭하게 자라서 바람 따라 흔들리고 있다.

국가산업단지로 지정되어 기반을 다지느라 바쁘지만 아직은 모든 것이 미흡한 시골이다. 머지않아 도시의 면모를 갖추겠지만 급격한 인구 감소와 도시 진출로 한 학년에 몇 명뿐이라 한다. 인근의 몇몇 학교는 폐교가 되어 다른 용도로 쓰이고 있지만 그나마 유지되고 있는 것이 큰 다행이다.

은행 몇 알이 떨어지기 싫어 찬바람에 대롱대롱 붙어있다. 인고의 세월을 삼키며 얼마나 많은 은행 알을 익히고 떨구었을까. 교정의 은행나무처럼 많은 학생들이 배출되어 지금도 총동창회를 운영하고 있다. 거북등같이 새까맣게 갈라진 나무에 살며시 볼을 대고 안아본다. 아버지의 체취가 묻어나는 듯하다.

'아버지가 떠나간 자리에 저도 한 그루 고목이 되어가고 있습니다.'

교정을 나오는 등 뒤로 아버지의 힘찬 호루라기 소리가 귓전을 맴돈다. 은행나무 가지에 오렌지빛 노을이 함께하고 있다.

〈2015.《문장》신인상〉

행복한 동거

너와의 만남은 첫사랑처럼 설레었다. 진열된 많은 물건 중에 너를 택하여 동거한 지 삼십여 년이 되었다. 너보다 더 몸값이 높고 화려한 것도 많았겠지만 그즈음 나의 형편으로 보아 과분하였고, 그 이상으로 네가 사랑스러웠다. 나의 사랑에 바다의 꿈을 간직한 너는 안방에서 빛을 발하였고 내게 행복을 안겨주었지.

아이들 초등학교 다닐 때 새 아파트를 분양받아 이사하던 날, 너도 우리 집으로 이사를 왔다. 너를 싣고 온 차에서 조심조심 내려 큰방의 긴 벽면에 12자 너를 반듯하게 앉히고 우리 식구 모두 만져보고 닦아도 주었다. 그날 퇴근하여 들르신 친정아버지가 기뻐하시는 모습을 너도 기억하겠지.

"정말 훌륭한 자개농이 들어왔네."

찬란하게 빛나던 너의 몸체를 쓸어주며 환한 웃음을 지으신 그때 아버지의 모습은 아직도 잊히지 않는다.

새 아파트로 이사하는 참에 가구를 몽땅 바꾸기로 큰마음을 내었다. 가구는 안주인 몫이라며 남편은 내게 모든 선택의 권한을 주었다.

아파트에 이사한 첫날밤, 안방에서 너와 함께했지. 우리 부부는 아들, 딸 가운데 눕히고 조금씩 이루며 사는 '행복'이란 단어를 맛보았단다. 마치 새 식구를 맞아들인 것같이 설레는 마음이라 할까. 전깃불을 껐지만 잠이 오지 않아 커튼을 걷어 젖혔지. 만개한 벚꽃과 가로등에 비친 불빛이 방 안으로 들어와 너는 물결처럼 출렁거렸다. 이사하느라 피곤에 지친 아이들과 남편은 곤히 잠들었지만 나만 잠 못 이루고 너의 몸체를 쓸어준 내 사랑 너도 알겠지. 그 이후 여러 번 이사를 하였지만 너는 지금도 안방을 지키고 있으니 말이다.

도시의 골목 주택가는 도시 재생과 재건축 바람으로 어수선하기 짝이 없다. 보상을 받고 나간 빈집은 앙상한 뼈대만 남아있다. 그 주검 같은 집의 주인은 적당한 보상을 받아 새 보금자리로 이사를 하였을 것이다. 버리고 간 자개농짝은 세월에 밀려 이리저리 떨어져나갔지만 조개껍질만은 햇빛을 받아 반짝이고 있다. 한때 안방을 화려하게 장식해준 장롱의 신세가 풍요와 유행의 물살 앞에 폐기물 신세가 된 것이다. 사람도 세월이 지나면 저렇게 될까, 섬찟한 생각이 들었다.

　시집올 때 장만한 호마이카 농은 몇 번의 잦은 이사로 살갗이 떨어져 나가고 관절이 꺽꺽거리듯 문도 삐걱거리며 소리를 내어 살살 달래야만 겨우 문을 열어 주었다. 한계가 올 무렵 새 아파트로 이사를 하며 새로 너를 들였지.

　세월이 가도 첫사랑의 애틋한 그 마음을 버리지 못하듯이, 너를 향한 안방 주인의 살갑던 그 감정도 쉬 버리지 못할 것이다.

반딧불이

일산에 사는 딸네 집에 다니러 간 날이다. 아이 둘을 낳고 서울의 좁은 아파트가 싫다며 풍광 좋고 공기 맑은 일산의 넓은 아파트로 이사를 갔다. 번잡한 곳을 벗어나 호수가 있고 숲이 어우러진 최적의 도시에서 몸도 마음도 건강한 식구들의 모습에 무척 만족해한다.

딸네 집에 자주 가지는 못해도, 어쩌다 다니러 가면 산속의 별장에 온 느낌이다. 쭉쭉 뻗은 아름드리나무가 사열하듯 줄지어 있고, 연못과 분수대의 아름다운 조경을 바라보고 있으면 답답하고 꽉 막힌 생활의 먼지가 깨끗이 씻겨 나간 듯 가슴이 후련하다. 숲속에 사이사이 정지된 고층 아파트도 마치 자연의 일부처럼 느껴진다.

외손녀 재인이랑 아파트 동산으로 저녁 산책을 나왔다. 재인이는 나와 보폭을 맞추며 참새처럼 종알대다가 개구리처럼 팔짝팔짝 뛰기도 한다. 돌다리가 있는 늪과 웅덩이에 이르자 낮동안 지친 보라색 창포가 꽃잎을 뉘며 쉬고 있다. 개구리 한 마리가 어디선가 선창을 하더니 여기저기에서 합창을 해댄다. 숲에는 어둠이 깔리고 파란 하늘에 한두 개 별들이 돋아난다.

어둠이 깔린 숲속에서 한 점 불빛 같은 게 눈앞에 반짝이다 사라진다. 내 유년에 여름밤 도랑가 숲에서 보던 반딧불이이다. 깜박깜박하며 한 줄기 빛을 그리며 사라져 버린다. 마치 꿈속에서 그리운 사람을 잠시 만났다가 깬 듯 하롱하롱 사라져 버리는 작은 불빛이다.

우리나라의 반딧불이는 형설지공螢雪之功을 위해 연랑練囊에 갇혀 밤새 글을 읽는 선비의 불빛이 되어주던 기품과 고귀함이 있었다. 반면 어느 여행 중 동굴에서 만난 반딧불이는 치열한 삶을 살고 있었다.

10여 년 전 시드니에서 개최한 국제봉사단체 로터리클럽의 세계대회에 참석했다. 평소에 봉사활동을 함께한 회원들이라 목적이 같아서일까, 허물없이 편안하고 불편함이 없었다. 천혜의 자연환경을 자랑하는 호주와 뉴질랜드 관광을 겸하게 되어 더욱 유익하고 기억에 남았다. 오페라 하우스와 하얀 요트가 어우러진 평화로운 도시 시드니는 꿈에서도 그리던 도시 중 하나이다.

뉴질랜드의 세계 8대 불가사의 중 하나인 '와이토모 반딧불이 동굴' 관람 길에 나섰다. 부푼 마음으로 도착한 동굴의 입구는 내 어릴 때 살던 시골 초가집 사립짝문 같았다. 붐비는 여행객으로 동굴이 훼손될까, 불빛에 반딧불이가 놀랄까, 현지의 마오리족과 가이드가 순간순간 주의를 주었다. 조심조심 발을 디디며 경이롭고 신비한 지하 동굴 속으로 들어갔다. 와이토모는 '구멍을 따라 흐르는 물'이라는 뜻으로, 이곳의 원주민인 마오리족이 한 말을 가이드가 해석해 주었다.

동굴 안은 석회석의 형상들이 즐비했다. 마치 마법에 걸려 동굴 속으로 빠져드는 것 같았다. 석회수가 맺혀 고드름같이 커 내려오는 종유석과 석회수가 방울방울 떨어져 자란 석순은 긴 세월이 쌓여 기둥과 형상을 만들어내는 진행형의 조각들이었다.

동굴 안으로 들어갈수록 점점 캄캄해져 앞을 분간하기가 어려웠다. 이때 갑자기 불빛이 하나둘 발견된다. 가이드가 반딧불이임을 가르쳐 주는 순간, 탄성을 지르려다가 도로 삼켰다. 밤하늘 은하수에 깔린 별빛이 아닌, 반짝반짝하며 총총하

게 매달린 작은 동요는 살아 있는 생명체들이다.

알에서 깨어나 성충이 되어 생을 마감하기까지, 보름간의 한살이에 몸을 바꾸어가며 한 치의 게으름도 없이 그 자리에서 파닥거린다. 이 세상 살아 숨 쉬는 모든 것이 어느 하나 수월한 삶이 있으랴.

깜깜한 동굴 속에서 제 몸으로 불을 내뿜어 먹이를 유인하여 살아가는 녀석들을 보노라면 시장 안의 모습을 떠올리게 한다. 그곳은 거리를 띄엄띄엄 둔 백화점보다 촘촘하게, 형형색색의 물건들이 경계가 되는 재래시장의 모습 같다.

결혼식 때 입을 한복을 장만하기 위해 양가 어른과 대구 서문시장 한복 원단가게에 들렀을 때다. 입구에 들어서는 순간 세상의 전깃불을 다 모아 놓은 듯 밝은 불빛에 눈이 부시었고, 반사된 그 불빛에 비친 비단들의 색상은 황홀하였다. 한복을 입은 주인아줌마가 환한 웃음과 기교로 손님을 유인한다. 몸에서 빛을 발하여 먹이를 유인하는 반딧불이와 무엇이 다르랴. 나 역시 그때의 잔상이 좋은 기억으로 남아 평생 한복업을 하고 있다.

외로운 한 마리의 반딧불이도, 와이토모의 집단 서식처의 반딧불이도 생명을 유지하며 종을 번식하려는 몸부림은 모든 생명체의 숙명이리라.

여름밤 할머니의 이야기에 아직 미련이 남은 듯, 호기심으로 반짝이는 재인이의 눈을 마주하며 손을 잡고 집으로 향한다. 훗날 재인이도 오늘 밤과 같이 반딧불이의 추억을 떠올렸으면….

무명한복

살면서 가끔 구절초 같은 시어머니를 생각한다. 결혼을 하고 시아버님 산소에 첫인사를 갔다. 나는 연분홍색 공단한복을 입고 어머님은 예단으로 받은 자주색 비로도 한복을 곱게 입으셨다.

얼굴을 한 번 본 적 없는 아버님 산소에 가는 길은 긴장되기도 하지만 설레기도 하였다. 어머님은 남편과 함께하지 못한 혼사에 안타깝고 아쉬운 마음에, 막내며느리를 데리고 산소에 가면서 만감이 교차하였을 것이다.

미리 토요일로 날을 받았다. 어머님과 나는 구미까지 기차를 타고 역에 내려서 택시를 타고 산소에 도착했다. 남편은 그곳 인근 학교에서 퇴근하여 만나기로 하였다. 어머님은 이른 새벽부터 머리를 손질하고 음식을 장만하여 술병도 챙기고 내가 시집올 때 장만한 무명한복을 싼 보자기도 내어 놓았다.

산소는 남향으로 반듯하여 흙이라고는 찾아볼 수가 없었다. 누렇게 푸석해진 잔디에 햇볕이 내리쬐어 눈이 부셨다. 서편 옆에 아직 어린 소나무 한 그루가 망부석같이 서서 무덤을 지키고 있었다. 양지바른 무덤 옆에 보라색 구절초 몇 송이가 남아 팔랑거렸다.

어머님은 아무 말도 없이 혼자서 소나무 아래에 작은 구덩이를 팠다. 그곳에서 무명옷 한 벌을 태우셨다. 엉성한 소나무 잎사귀 사이로 하얀 연기가 퍼져 올라갔다. 어머님은 펑퍼짐하게 앉아 나뭇가지로 옷을 뒤척이며 넋을 잃고 있었다.

갑자기 불빛이 여기저기에서 반짝반짝 비치더니 불꽃이 폭폭 튀며 군데군데 퍼졌다. "어머님 불이 났어요." 그래도 꼼짝없이 앉은 어머님은 돌부처 같았다. "어머님 불이 났어요." 다시 큰 소리를 치며 흔들었다. 그때 마침 남편이 올라왔다. 눈앞에 펼쳐진 다급한 광경에 남편은 발로 밟다가 감당이 되지 않아 외투를 벗어 두들겼다. 나는 아래 동네를 향해 고함을 질러댔다. 나중에는 말이 나오지 않아 동네로 내달렸다.

구조를 요청하기 위해서 산길에 내려가다 한복 치맛자락이 밟혀 미끄러지고 넘어져 나뒹굴어지기도 하였다. 불편한 한복쯤은 아랑곳없었다.

동네 입구쯤에서 귓전에 돌아오라는 남편의 목소리가 들렸다. 다시 산을 올라가는 길이 그렇게 멀 수가 없었다. 순식간에 봉분은 물론 산소 주변까지 시꺼멓게 탔고 소나무 가지도 청솔 잎도 그을려 있었다. 나는 눈만 멀뚱거릴 뿐 아무 말도 나오지 않았다. 서로의 행색을 보며 덥석 주저앉고 보니 물기라고는 없는 주변에 내 아랫도리만 축축했다. 남편은 결혼 때 예복으로 받은 애지중지한 양복과 코트를 털어 내렸다. 어머님은 잔디 위를 구불기만 하다가 정신을 차린 듯 매무새를 다듬으셨다. 아직 열기가 남은 까맣게 그을린 묘 앞에서 조상님 음덕으로 그때 아들이 오게 됐다며 연신 미안해하셨다.

혼비백산이 된 나는 장만해온 음식을 풀어 시키는 대로 절을 하였지만 다문 입에서 말이 나오지 않았다. 눈썹조차 그을린 남편이 술 한 잔을 들이켜 음복을 하면서 겨우 입을 열었다. "방화범으로 모두 철창신세 면한 것은 아버지의 보살핌이셨다."고 하며 주섬주섬 짐을 챙겨 산 아래 당숙 집으로 갔다. 그때까지 눈만 멀뚱거리며 입을 열지 못하는 나를

아랫목에 눕혔다.

　얼마를 잤을까 온몸이 땀으로 흠뻑 젖었다. 한 방 가득 사람들이 두런두런 이야기 소리가 들렸다. 눈을 뜨니 이제 됐다며 내게 따뜻한 물을 먹였다.

　"불은 어떻게 됐어요?"

　나는 그제야 꿈을 꾼 듯 말문을 열었다.

　"몸에 기가 차고 맥이 차면 말문이 막히는 법이야."

　시당숙모가 등을 쓸어주며 "불이 나면 살림이 불같이 인단다."라며 어색한 분위기를 마무리해 주었다.

　차창을 스치는 멀리 산혀리에 나무의 잔가지 사이로 노을이 곱게 지고 있다. 묵묵히 운전하는 남편과 고부간에 야릇한 기류가 흐르지만 어머님께 여쭈었다.

　"어머님, 아들이 오면 예를 드리고 나서 함께 옷을 태우시지, 왜 혼자서 힘들게 태웠어요."

　평소에 엄두도 못 낼 말로 채근하였다.

　"우리도 모두 새 옷 입었으니 너의 시아버지도 새 옷 입혀 절 받고 음식 드시라고 그랬지."

　지아비를 생각하는 진솔한 정이 내 마음속에 아리게 스며들었다. 평소에 무섭고 두렵기만 한 어머님의 모습과는 다르게 며느리 앞에서 여린 속내를 보이셨다.

어머님은 아버님과 결혼하여 이십여 년 함께 사는 동안 사 남매를 낳아 키우셨고 오십 년을 지극정성으로 당신의 남편 제사를 모신 분이셨다. 구순을 사시며 몇 년 앞에 아들 둘을 가슴에 묻어야 하는 구절초 같은 여자의 일생을 보내셨다. 다 행히 무서리에 병충해 없이 꽃을 피우는 구절초를 닮아 말년 에는 병고 없이 바람에 꽃잎 떨어지듯 곱게 가셨다.

섣달 산소에 들러 누런 잔디를 보면 그날 넋이 나간 어머 님의 한탄조가 내 목에 걸린다. 아버님이 계시지 않는 것을 며느리에게 미안해하셨듯이, 세월 속에 나도 홀로 시어머 니가 되었다.

음식을 정성껏 만드는 것도 먹는 사람에 대한 사랑이듯,
물건도 정성껏 만들어 작품으로 탄생시키면
그것 또한 주고받는 이에 대한 사랑의 마음이리라.

3부

아름다운 인연의 수채화

도를 넘는 불청객

새봄을 재촉하는 봄비가 대지를 적신다. 굳게 언 땅도 녹아내리고 여린 가지에도 연둣빛이 감돈다. 매화 산수유가 앞다투어 피고, 야무지게 목필 한 목련도 살포시 꽃잎을 피워낸다. 가끔 꽃샘추위가 시샘을 부리지만 더 움츠리게 만드는 것은 앞을 분간하기 어려울 정도로 뒤덮은 뿌연 초미세먼지이다.

신천의 물소리도 한 옥타브가 올라가고 봄 햇살을 받은 물결은 더욱 반짝인다. 오리 가족도 힘차게 물질을 하고, 번식을 위한 사랑 놀음은 신선한 몸짓이다. 겨우내 한산하던 게이트볼 장에서는 노인들이 구부정한 허리로 열심히 공을 따라다닌다. 신천을 따라 조깅하는 사람들도 부쩍 늘었지만 상쾌한 아침 공기를 제대로 마실 수가 없으니 봄의 예찬이 무슨 소용이랴. 마스크를 착용한 모습은 너나없이 보기에도 답답함이 느껴진다.

멀리 산도 가까운 도시도 희뿌옇다. 며칠째 반복되는 이 현상은 눈을 비벼도 보고 깜빡여도 보지만 여전하다. 회색 도시는 자욱한 안개 속에 갇혀있는 것 같아 마음 또한 침울하다.

나라와 나라 사이에는 분명한 국경이 있다. 제 나라를 지키는 일은 국민의 의무요, 권리이다. 그래서 국경을 넘나들 때는 크고 작은 제약을 받기 마련이다. 하지만 자연에서 일어나는 현상은 거칠 것이 없다. 공중에 떠도는 미세먼지는 국경 구분도 없이 바람 부는 대로 옮겨 다닌다.

중국발 미세먼지는 바다 건너 우리나라의 하늘을 뒤덮어 버린다. 햇빛이 차단되어 국민의 건강은 물론, 숨쉬기도 힘든 심각한 영향을 미치고 있다. 중국의 급격한 경제성장은 공장에서 배출된 유해물질과 유독가스를 높은 굴뚝 위로 마구 내뿜고 있다. 이렇게 배출된 초미세 입자는 거침없이 우리나라로 날아와 마스크를 하여도 입안으로 유입되어 건강을 심각하게 위협한다. 폐는 물론 모든 장기에 암을 일으키고 피부에도 알레르기 반응을 일으켜서 세포를 괴사시킨다고 한다. 이렇듯 끔찍한 현실임에도 불구하고 대국이랍시고 꿈적도 하지 않는 오만을 부리고 있다.

연일 발표하는 일기예보를 듣노라면 전에는 듣지도 못하던 단어들이 쏟아진다. 미세먼지와 초미세먼지 좋음, 나쁨, 아주 나쁨 등으로 시시각각 발표를 한다. 전자제품점에는 공기청정기가 동이 나고, 마스크의 종류도 다양하여 사람마다 몇 개씩 갖추는 것은 필수가 되어 버렸다. 미세먼지와 초미세먼지는 목을 조이는 살인의 수준까지 와 있다 해도 과언이 아니다.

로터리 봉사단체에서는 매주 한 번씩 각처 공원 등지에서 급식소를 차려 노인 무료급식을 한다. 이맘때쯤 급식소에는 연막을 뿌린 듯, 을씨년스럽다. 배식이 있는 날은 한 끼 점심을 해결하기 위해 아침나절부터 공원 벤치에는 노인들이 삼삼오오 팔짱을 낀 채 움츠리고 앉아있다.

아직은 두툼한 겨울옷에 마스크를 하였지만 연신 쿨럭쿨럭 깊은 기침을 토해낸다. 환절기에는 좋은 공기 속이라도 천식기가 발동하면 속을 다 뒤집어 토하듯 숨이 막힐 지경이다. 이런 날은 집 안에서도 마스크를 해야 하니 우울하고 답답하여 죽고 싶은 심정뿐이라고 한다. 울도 담도 없는 공원에서 아침도 거르고 나온 어르신의 허기를 달래주기 위해 음식을 드리지만 음식과 함께 미세먼지도 드리는 것 같

아 안쓰럽다. 일상을 살아가는 모든 사람과 가축, 식물도 괴롭기는 마찬가지다. 특히 면역력이 떨어지는 노인들 그리고 하루하루 밖에서 노동하는 근로자나 노점상의 상인들은 생업이 우선이다 보니 건강이 심각한 지경이다.

말레이시아에 여행 간 친구는 파란 하늘과 흰 구름, 에메랄드빛 바다를 연신 사진에 담아 보낸다. 사계절이 뚜렷한 금수강산인 우리나라는 물 좋고 공기 청정한 것이 자랑이 아니었던가. 슬며시 화가 치밀어 오른다.

마음 나누기

　잘 아는 지인이 동해에서 구입한 마른 오징어 몇 마리를 가져왔다. 살도 도톰하고 말랑거려 단번에 두 마리를 구웠다. 구미가 당기는 오징어 특유의 냄새가 가게에 배었다. 오신 손님께서 코를 킁킁 벌름이며 오징어 냄새가 난다기에 두 마리를 구워 대접하였다.

　남은 한 마리를 비닐에 꽁꽁 싸서 냉장고에 보관한 지 두어 달이 지났다. 추석 명절을 앞두고 냉동실 안을 정리하면서 보니 내 기억에서 까맣게 멀어진 오징어가 까만 비닐 옷을 입고 한쪽 구석에 누워 있었다. 눈에 잘 보이는 곳에 끄집어내어 또 며칠이 지났다.

　사람도 물건도 절정을 칠 때가 있듯이 말랑하게 맛있던 오징어가 굳고 비틀어졌다. 버릴까, 말까를 고민하다가 아까워서 솜씨를 부려 보기로 했다. 그냥은 마음을 녹여 주지 않는 녀석을 물에 씻어 잠길 만큼 생수에 담가 두었다. 몇 시간을 달래었더니 물기를 머금어 말랑해졌다. 오징어 특유의 향을 살릴 수가 없기에 우려서 빠져 나온 오징어 진액에 양념을 하였다.

물은 사람의 마음과 같이 받아들이기도 하지만 내주기도 한다. 우려진 발그스름한 진액에 간장으로 간을 하여 파도 다지고 풋고추도 송송 썰어 넣었다. 찧은 마늘도 듬뿍 넣고 고춧가루와 고추장을 넣어서 양념장을 만들었다. 거기에다 잘게 찢은 오징어를 넣어 조물조물 무치고 달달한 조청과 참기름, 통깨를 넣었다. 갖은 양념의 조화로 한 접시 훌륭한 반찬이 태어났다.

일본 여행을 하면서 느낀 점이 있다. 어느 쇼핑장에 들러도 천으로 만든 소품들이 진열되어 있다. 많은 장식을 하기보다 쓰기에 편하게 자투리 천을 이용하였다. 원단의 소중함은 알지만, 별 생각 없이 자투리를 버린 것이 부끄럽기도 하고 아깝기도 하였다.

귀국하여 바느질 방에 자투리를 모아 달라고 부탁을 하였다. 처음에는 그네들도 의아해했지만 내 부탁을 잘 들어

주었다. 한복을 만들다 보면 원단을 재단한 뒤 자투리가 많이 나온다. 아름다운 색상의 실크 조각이라 박스에 모아 두었다.

다행히 솜씨가 좋은 주부들이 개성 있는 각자의 솜씨로 세계에서 하나뿐인 조각보를 만들고 또 남은 자투리로 한복 소품들을 탄생시켰다. 색상도 조화롭게 잇고, 모서리도 잘 처리해서 우리 것의 아름다움을 살린 특별한 작품들이 되었다. 우리 가게에서 판매한 정성의 대가로 수익금까지 챙기다니 그녀들이 취미로 만든 소품이 부업이 되어 횡재를 했다며 좋아하였다.

요즘은 웬만한 건 기계로 대량 생산이 되거나, 값싼 나라의 노동을 이용한 수입품이 판을 치고 있다. 그러나 소량이지만 여전히 명맥을 유지할 만큼 우리 것을 만들어 내고 또 귀한 손작업만을 고집하는 고객이 있다. 서로 마음을 나누고, 조화를 이루며 상생하고 있는 셈이다.

이렇듯 쓸모없다고 여긴 것들도 손재주에 정성을 들이면 누군가에게 행복을 주는 애장품이 될 수 있다. 음식도 정성이 들어가지 않으면 맛이 없듯, 물건도 흔하게 많은 것은 가치가 없다. 작가의 개성 있는 디자인과 손맛이 더해질 때 소중한 가치로 인정받을 수 있을 것이다.

음식을 정성껏 만드는 것도 먹는 사람에 대한 사랑이듯, 물건도 정성껏 만들어 작품으로 탄생시키면 그것 또한 주고받는 이에 대한 사랑의 마음이리라.

아직은

까맣게 터진 고목, 매화나무 잔가지가 분홍 꽃잎을 피워 내고 있다. 요즘 나이를 의식하는 버릇이 생겼다. 물론 나이에 맞게 살아야 하겠지만 빼곡해진 나이테를 구태여 셀 일이 있나 싶어 가급적 젊게 살려고 노력한다.

일을 겁내지 않는 탓에 내 몸을 많이 부려먹은 것 같다. 나름 운동도 하고 산에 오르기를 좋아하기에 몸이 가볍다는 소리도 많이 듣는다. 20일 전이다. 큰 행사를 앞두고 있었다. 오랜 지인과 사무실에서 의논한 뒤, 가까운 식당에서 식사를 하고 돌아오는 길에 진눈깨비를 만났다. 아직은 봄을 내주기 싫어 가끔 심통을 부리는 이월이다. 쌀쌀한 날씨에 움츠린 몸으로 두 주머니에 손을 쿡 찌른 채 이야기하며 무심코 걸었다.

울퉁불퉁한 보도블록에 신발이 걸려 넘어지는 순간 일어나다가 다시 한 번 더 심하게 넘어졌다.

찰나의 순간에도 사람의 직감은 스치지만 행동이 따라주지 못한다. 그때는 민망하기도 하고 옆집 앞이라 당황하여 얼른 일어나 사무실로 달려왔다. 아프긴 하지만 팔을 움직일 수 있어 하루를 지냈다. 그다음 날도 어깨에서 팔 관절까지 아프긴 했지만 행사를 치르느라 그냥 넘겼다.

저녁에 행사 팀과 식당에 오니 대구가 난리가 났다. 코로나 19가 거대한 S 종교단체에 의해서 대구 전역에 쫙 퍼졌다는 것이다. 그다음 날부터 좀 지나면 낫겠지, 내 몸은 회복이 빠르니까, 스스로 위안하면서 잘 풀릴 거라 믿고만 있었다. 한의원을 즐기는 지인이 침을 맞으라기에 옆집 한의원에 갔다. 일침이라더니 금방 팔이 번쩍 올라가는 것 같았다.

또 하룻밤 자고 나니 이젠 팔을 올릴 수도 돌릴 수도 없이 아프다. 코로나19가 심각단계까지 솟으니 병원 가기가 내키지 않았다. 하지만 더해가는 아픔으로 병을 더 키울까 봐 마스크 차림으로 가까운 정형외과에 갔다. 사진을 찍어보니 뼈는 이상이 없다며 진통 소염제를 먹고 물리치료를 받으라는 진단이다. 바이러스 때문에 옆 사람이 신경쓰여 맘이 내키지 않았지만 그날은 시키는 대로 물리치료를 받고 왔다. 열흘 치

약을 받았는데 그때까지는 다 낫겠지, 하며 내 몸을 다시 한 번 더 믿고 견디었다.

열흘 치 약을 다 먹은 후에도 통증이 커져서 다시 병원으로 갔다. 이번에는 아픈 어깨에 관절 주사를 맞자는 것이다. 아 내가 정말 고령자구나, 라는 생각이 뇌리를 스쳤다. 이제 올 것이 왔구나. 이야기로만 듣던 관절 염증 주사를 내가 맞게 되는구나. 잠시의 푸념도 끝나기 전에 이미 준비된 주사기는 두 번이나 내 어깨를 찔렀다.

"왜 물리치료를 받으러 오지 않으셨어요."

라는 질책에 난감해진 나는

"코로나 때문에, 고령자라서…."

하며 말꼬리를 감추었다.

"아직 고령 아니니까 내일도 물리치료 받으러 오셔야 합니다."

마스크로 입이 가려져서 웃음은 보이지 않았지만 호쾌한 목소리에 다 나은 기분이 들었다. 의기소침하거나 우울할 때, 용기를 주는 기분 좋은 말 한마디가 얼마나 큰 힘이 되는지 실감했다.

몇 년 전 K방송국에서 신년 특집으로 한 당시 95세인 김형석 교수의 행복론 강의가 발영되었다. 김형석 교수는 자기 인

생의 황금기가 65~75세라 하였다. 이 시대의 정신적인 지주이신 그분의 강의는 노년의 희망을 한껏 부풀게 해 주었다. 나 역시 나이를 잊고 살면서 또래를 만나면 우린 아직 청춘이라며 목청을 높이곤 한다.

그런데 요즘 코로나19로 대구가 세계의 이목을 받는 상황이 되었다. 거기에 단골메뉴가 65세 이상 고령자들은 건강을 관리하고 외출을 자제하라는 것이다. 나이가 들수록 면역력이 약하여 사망률이 높다고 보도되면서 부풀었던 마음은 공기 빠진 풍선처럼 쪼그라진다. 전 세계가 바이러스 감염으로 경각심을 가져야 할 때인 만큼 나 또한 제 위치에서 잘 머물고 있다. 그래도 자연의 봄은 오고 노란 개나리가 손을 펼치기 시작한다. 글귀처럼 '이 또한 지나가리라.' 매화꽃이 화사하다.

멈춰진 도시, 희망 대구로

기다리던 꽃망울이 터질 때 즈음이다. 산과 들, 아파트 단지에 꽃이 피기를 기다리며 마음 설레던 중이었다. 그 기다림도 아랑곳없이 날벼락 같은 불청객이 찾아와 대구를 휘젓고 다닌다. 북적이던 서문시장도, 활발하던 동성로 거리도, 홍수 같은 차량도 한순간 멈춰버린 것이다.

질병의 한파는 겨울보다 더 지독하여 몸도 마음도 얼어붙게 했다. 생각지도 못한 상황에 부딪치다 보니 생활은 우왕좌왕 흔들리고 마음도 안정되지 않으면서 불안한 소리들만 들린다. '말을 앞세우지 말라.'던 어른들의 옛말이 생각났다. 청정지역이라 생각했던 대구는 천재지변을 잘 피하는 도시라는 말도 무색해졌다. 그동안 누려온 평온하고 소소한 일상이 얼마나 소중한가를 깨닫게 해준다.

처음에는 그냥 지나가는 소나기로 생각했다. 하지만 코로나19는 끈질기게 버티었고 사람들은 두려움에 떨었다. 중국을 방문한 대구의 종교단체인 S 교회 교인의 감염은 고요하던 대구를 순식간에 질병의 도시로 만들어 버렸다. 호흡기를 통한 전염이기에 사람을 멀리해야 한다는 것이 문제였다. 대구는 병마의 먹구름으로 뒤덮였고 이름도 생소한 코로나19는 모든 생활의 터전을 바꾸어 놓았다.

질병은 결코 멀리 있지 않았다. 또 남의 일이 아니었다. 친정의 올케 집에도 비상이 걸리고 말았다. 확진자가 조금 줄었다는 3월 초에 올케의 친정아버지가 확진 판정을 받게 된 것이다. 그는 기저질환인 고혈압 정기검사를 받으러 D 병원을 들렀다. 환자가 오면 제일 먼저 하는 일이 열 체크와 코로나19 검진이다. 양성 판정이라는 하늘에 벼락이 떨어지면서 그대로 D 병원에 격리되었다. 고령자라 집 밖에 한 번도 나가지 않았지만 무증상 확진 판정을 받았다. 한 달 동안의 병원 생활은 초조함으로 죽음 같다고 하였다.

아버지를 모시고 사는 큰동생네와 같은 날 식사를 한 올케와 올케의 남동생, 가족 모두가 보건소에서 검사를 받아야 한다는 통보를 받았다. 검사 후 마음 졸인 이틀이 너무나 길고

두려웠다며 울먹였다. 다행히 형제, 아이들 모두 음성 판정이 나왔지만 안심할 상황은 아니었다. 각자 자기 방에서 폰으로 연락하며 식사는 물론 화장실, 거실을 출입할 때도 서로 부딪치지 않으며, 2주 동안 공포와 두려움 속에서 자가 격리를 한 것이다.

전염병이 돌면 왕래를 막고 환자를 격리시켜야 하기에 '대구 봉쇄'라는 오명으로 시민의 마음을 후려치기도 하였다. 이 또한 초기 대응에 미흡했다고 보는 시각이다. 그 여파로 모든 것이 멈춘 대구는 삶의 균형이 무너져 내리고 서로를 방어해야 하는 마스크 대란으로 눈물겨운 현실을 보냈다.

봄을 맞아 결혼을 앞둔 예비 신랑신부의 젊음과 사랑이 넘쳐야 할 우리 동네 혼수 거리도 썰렁하기는 마찬가지다. 예식이 취소되고 연기되면서 쇼윈도에 불이 꺼지고 문을 닫은 채, 걸림 없는 바람만 횡한 길을 배회하며 몰아치고 있다. 매스컴은 고요 속에서 숨 가쁘게 돌아가는 질병본부와 행정, 의료진의 모습을 담아 대구의 풍경을 국내외에 실어 나른다.

대구가 어떤 도시였던가. 위대한 선대들이 나라가 위태로울 때마다 앞장서서 나라를 구하였다. 지금도 대구의 시민들은 지혜롭게 대처하고 있다. 시정의 행동 지침에 따라 생업이 달린 가게 문을 과감하게 닫았다. 출근 대신에 재택근무에 열중하고, 숨소리도 죽이며 집 안에 머물러 주었다.

　마스크를 구하기 위해서 긴 줄을 섰지만 질서를 지켰고, 꼭 필요한 사람들이 써야 한다며 양보하는 주부들도 많았다. 생필품도 사재기하지 않는 성숙한 시민의식에 앞장서기도 하였다. 매일 늘어나는 수천 명의 확진자는 중증도에 따라 음압병실과 일반병실로 나누어져 투병 중이다. 병실이 없어 자가 격리를 하면서 가족도 외면한 채, 죽을 만큼의 두려움을 견디며 대기하고 있는 것이다. 고통의 끝자락인 죽음을 맞이해도 가족이 지킬 수도 없어 쓸쓸하게 생을 마감해야 한다. 대구가 특별재난 지역으로 발표되었다. 한 달 동안 집에도 가지 못한 시장은 결국 과로로 쓰러지는 지경까지 맞게 되었다.

　그리스 신화에 등장하는 신들의 대화나 행동은 인간의 현실을 투사하는 구전으로 오늘을 사는 우리에게 교훈을 주고 있다. 제우스는 불을 도둑질한 대가로 인류에게 형벌을 주기 위해 판도라에게 항아리를 건네주며 주문을 걸었다. 이미 인류는 질병에서 벗어날 수 없고 아직도 진행형이다. 항아리에 남겨진 희망이 지혜의 불이 되어, 백신의 개발로 보이지 않는 적을 쳐내야 할 것이다. 질병에 따른 극심한 경제의 어려움도 함께 이겨내야 할 백신이다. 그동안 SNS를 통하여 많은 사람들이 용기와 격려, 엄지 척으로 힘을 실어 주기도 하였다. 정부의 방침을 믿고 철저하게 대처해준 대구 시민과 의료진, 공무원 관계자들 모두 위대하였다. 하루속히 서로의 표정이 피어나고 닫힌 마음에도 따스한 봄이 오게 될 것을 기대한다.

민들레 홀씨

내가 소속된 로터리클럽에서 어린이집으로 일일봉사를 갔다. 태어난 지 몇 개월 되지 않은 스무 명 정도의 아이들이 함께 생활하며 자라고 있었다.

관할 구청에서 보조를 받아 운영하지만 자원봉사 단체로부터 우유며 기저귀 등을 기부받기도 한다며 도움의 손길을 기다린다. 여기저기에서 울음으로 불편을 호소하는 아기를 돌보는 젊은 보모의 손길이 분주하다. 아이를 다루는 모습이 서툴지 않고 눈길 역시 따스해 보였다. 단체가 기부한 물품은 반듯하게 정리되어 있고 주위도 깨끗하였다. 어떤 경로를 거치든지 여기에서 머문 아이들은 부모의 손에서 자라지 못할 운명을 타고난 아이들이기에 가슴이 짠하다. 클럽 회원들은 하루 몇 시간이라도 정성껏 아이들을 돌보겠다는 마음으로 왔다. 한 개의 작은방에는 누워만 있는 어린 아이들이다. 울면 우유 먹이고 기저귀 갈아 주고 그래도 보채면 안아서 살랑살랑 흔들어 주면 잠든다. 겉으로는 큰 변화가 없어 보이지만 품에 찰싹 붙어 떨어지지 않으려는 몸짓은 애잔하다.

아이를 안아 주는 모든 사람은 엄마의 마음으로 돌아갈 것이다. 민들레 홀씨가 어디서 날아와 어디에 꽃을 피우는지 그건 누구도 모른다. 어느 누구도 제 뜻과 의지에 의해 이 세상에 태어나지 않았다. 하지만 생명의 탄생은 축복이며 사랑받아야 한다. 사랑은 갈구할수록 더 목이 마르다는 말을 아이들을 보며 새삼 느낀다. 티 없이 노란 꽃을 피워 오가는 이들의 길을 밝혀 기쁨을 주듯, 아기는 그 자체만으로도 웃음과 행복을 주는 귀한 존재이다.

이렇듯 소중한 아이를 누가 낳았는가. 어떤 조건이든 엄마가 키울 수 없기에 여기까지 온 것이다. 그들 역시 열악한 환경에서 애절한 모성을 끊을 때까지 가슴앓이를 수없이 하였을 것이다. 이곳 아이들은 겨자씨만 한 엄마의 사랑도 받지 못했다. 언제나 다른 엄마가 와서는 잠시 머물러 정을 주고 헤어져야 하는 생활에 젖어 있음이다.

내가 아는 S 박사님 한 분은 컬럼비아대학에서 교육학을

전공하시고 D대학에서 교수로 계신다. 미혼모를 보호하고 여성인권 보장과 권익보호를 위해 평생을 몸 바친 분이시다. 특히 가출소녀를 보호하고 미혼모가 자립해서 살 수 있도록 기술 교육과 인력 개발에 전 재산을 털어 봉사하시는 분이라, 이분을 만나면 저절로 고개가 숙어진다. 거기에 비하면 내가 사는 것은 모두가 사치스럽게 느껴지기도 한다.

어린이집 마당 화단에는 키 큰 나무들과 작은 꽃나무들이 형형색색으로 꽃을 활짝 피웠다. 난초와 창포가 어우러져 오렌지색과 진보라색으로 한창 멋을 내고 있다. 특히 나지막하게 앉아 아기 손같이 꽃잎을 펴고 앙증스럽게 재잘대는 채송화에 눈길이 멈추었다. 작은 키를 원망도 않고 옆으로 손을 뻗어 나란히 엉키어 제 자태 지키며 뽐내고 있다.

어느 봄날 이 어린이집에 모종을 심고 가꾸어준 사랑의 손길이 있었기에 싱싱하고 예쁜 꽃을 피웠으리라. 화단 돌담에 뿌리를 내린 노란 민들레꽃이 나도 있다며 손짓한다. 넓은 세상이 그리웠던 민들레 홀씨는 바람 따라 흩날리다 돌담 새에 내려앉았다. 내려다보면 떨어질 듯 비좁은 공간에서 혼자서도 잘 살아 노란 꽃을 피웠다. 그곳은 따스한 햇살이 친구가 되어주고 달빛 별빛이 있어 민들레는 꿈을 활짝 피웠나 보다. 너의 홀씨가 다시 부풀어 떠오르면 이젠 편한 곳으로 날아가

렴. 아이의 서툰 걸음마는 넘어지고 뒤뚱거리며 내달린다.

목덜미에서 고사리 같은 아이의 손이 느껴진다. 애처로운 눈망울에 나도 아이도 보이지 않는 끈끈한 인연의 고리가 된 날이다. 하루를 마감하는 긴 햇살이 비스듬할 때까지 우리는 가족이 되었다. 내일이면 또 다른 봉사자가 오겠지. 아이를 내려놓고 나오는 우리에게 보채지 않고 손을 흔들어 바이, 바이 하는 모습은 이미 일상이 된 아이들이다.

어디에서도 굳세게 뿌리내려 노란꽃 피울 민들레가 되어 주렴.

성형 미인

'보기 좋은 떡이 먹기도 좋다'는 속담이 있다. 그래서일까. 요즘은 집도 예쁘게 가꾸고 정원의 꽃도 가꾸며 살다가도, 성에 차지 않으면 언제든지 뜯어고치기를 좋아한다. 결혼의 첫 번째 조건도 신붓감은 예쁘고 날씬하여야 하고, 신랑감은 좋은 직업과 부를 갖춰야 한다. 그래서 소문난 성형외과는 예약이 몇 달씩 밀려 있다고 한다.

공자는 〈효경〉에서 '신체발부 수지부모'라 하였다. 하지만 바늘구멍 같은 취업의 문턱인 면접에서도 이왕이면 각 없는 부드러운 인상에 산뜻한 외모를 강조한다고 하니 선불리 옳다, 그르다 참견할 일은 아닐 성싶다. 얼마 전 양악 수술을 한 몇 사람을 보았다. 어려운 결정을 하고 몇 시간의 수술과 몇

달의 치료 기간을 견디며 몸 고생, 마음고생까지 치렀을 것을 생각하니 안쓰러운 마음이 든다. 하지만 현대 의술의 힘을 빌려 전형적인 미모로 변한 자신의 모습을 보면, 그동안의 고통은 한순간 잊어버린 듯 자신감이 넘치고 밝은 웃음이 피어난다.

올해는 윤달이 있는 해라 손 없는 달에는 크고 작은 일을 벌여도 탈이 없다고 한다. 현대를 살면서 손이라는 것에 큰 뜻을 두지 않았지만 어려운 일이기에 기왕이면 순조롭게 되기를 기원하는 마음이 들었다. 평소에 엄두를 내지 못해 미루어 두었던 일을 숙제하듯이 꼭 해치우겠다는 일념으로 정초부터 서둘러 건물 성형을 시작하였다.

13년 전, 영업장과 주택을 함께 고려해 지은 건물이다. 허가를 받기 위해 서류도 챙기고 이름도 생소한 관공서의 서류도 떼고, 설계도면대로 건축사인 외사촌 동생이 정성을 다해 지었다. 좋은 재료로 잘 지어준 덕분에 튼튼하고 반듯한 건물이라고 주위에서도 칭찬해 주었다.

옥에도 티가 있다던가, 외관으로는 훌륭한 5층 건물이었지만 유감스럽게도 엘리베이터가 없었다. 짓던 도중에 설치하자고 제의했지만 그 설계와 시공이 너무 복잡해 그만 포기하고 말았다. 운동 삼아 걸어다녀도 될 것 같다는 생각은 잠깐의 위안이었다. 주거생활과 영업장을 겸하다 보니 5층을 하루에도 여러 번 오르내려야 하는 불편은 말이 아니었다. 특히 무거운 짐이 수반될 때는 엘리베이터를 설치하지 않은 것을 후회하며 나 자신을 나무라기도 했다. 그나마 우리 가족들이야 상황 판단을 잘못한 실수를 견뎌준다지만, 어쩌다 외부에서 오는 사람들은 하나같이 불만을 터트렸다. 건물을 세 놓는 것도, 팔려고 해도 보는 사람마다 엘리베이터가 없다며 발길을 돌리는 것이었다. 순간의 방심으로 자존심 상한 일이 한두 번이 아니다. 그렇다고 해서 자기의 결점을 누구에게 내놓고 말할 수도 없는 노릇이다.

성형 수술이 뼈를 깎는 아픔이라고 하듯이, 건물 성형을 시작하면서 요란한 전투가 시작되었다. 단단한 시멘트 벽체와 바닥의 야무진 저항은 예상보다 훨씬 더 격렬했다. 십수 년 동안 터를 잡고 살아온 콘크리트가 녹록하게 물러나려 하지 않는다. 전동드릴은 따발총 소리를 내며 무차별적으로 벽을 무너뜨렸다. 그 시끄러운 소리는 주위 사람들의 머릿속까지 파고들어 고통을 주었다. 비닐을 겹겹이 덮고 작업을 하는데도 연기 같은 분진은 날고 또 날아 공사장 주위를 뒤덮었다. '들어온 돌이 고인 돌 뺀다.'는 속담처럼 엘리베이터를 만들기 위해서는 여태 자리 잡았던 화장실과 싱크대를 이사보내야 했다. 내친김에 구석구석 쌓였던 묵은 때도 모두 씻어내고 옥상까지 곱게 단장을 마쳤다. 1, 2층 매장도 환하게 새 옷으로 갈아입히니 완벽한 미인이 되었다.

사람이든 건물이든 보기에도 좋고, 쓰기에도 편리하도록 변경하는 것은 또 다른 삶의 활력소가 되는가 싶다. 우여곡절로 리모델링한 건물은 외관에 걸맞게 내부도 완성된 미인이 되었다. 엘리베이터 입구에 서면 미끄러지듯 문이 열리고 디지털 아가씨의 목소리는 마음까지 상쾌하게 해준다. 동네분과 지인들이 그동안 애 많이 썼다며 칭찬과 덕담을 아끼지 않는다. 새로이 탄생한 미인을 보니 힘들었던 고생이 눈 녹듯이 사라진다. 힘들게 성형한 사람도 스스로 만족해하는 모습이 선하다.

우리 것은 우리를 지킨다

유행의 물살은 빠르다. 전통을 고수하느냐 아니면 시대의 흐름에 따라 변해야 하느냐의 과제는 어제 오늘의 일이 아니다. 나 역시 전통 혼례 예복 전문인이지만 시대에 따라 예복도 편리하고 쉽게 입을 수 있는 한복으로 디자인하여 만든다. 그러나 새로이 가정을 이루는 혼례의 절차를 너무 쉽게 없애는 것에 대하여 쓸쓸함을 느낀다. 시대의 흐름을 거스를 수는 없다는 것도 실감한다. 맥없이 무너지는 전통을 보며 혼례의 과정을 담당하는 나는 영업적인 이윤보다 자존감이 상할 때 더 힘이 빠진다.

과학의 발전은 인간이 편하게 살기 위함이요, 이상적인 삶을 영위하기 위해서이다. 광 초고속 시대에 뭐든 편하고, 급하고, 빨라야 한다는 인식이 몸에 밴 듯하다. 일찍 뿌리내린 선진국은 전통과 현대를 아우르지만, 선진국에 막 진입한 우리나라의 수준은 전통과 현대 두 마리 토끼를 잡기에 아직 힘이 드는가 싶다. 지금 결혼 세대가 초·중·고등학교, 대학교까지 관혼상제에 대한 교육을 한 번도 받아본 적이 없으니 모를 수밖에.

대다수의 부모들 역시 학업을 중요시하였으니 이 세대들을 탓할 수도 없는 것이다. 또한 모든 것을 인터넷과 스마트폰에 의존한다. 그 역시 신세대의 활용도가 높다 보니, 복잡하고 힘든 것보다 편하고 간단하고 쉬운 것을 따라가기 마련이다.

결혼을 인륜지대사라고 하듯이 한 가정을 이루는 뜻깊은 절차인 만큼 최소한의 전통을 이어가는 것이 그렇게 거창한 것은 아니라고 생각한다.

물론 고공행진을 하는 보금자리 집을 장만하랴, 남자는 물론이고 여자도 전공을 살리기 위해 자기 계발 또는 경제에 도움을 주기 위해 맞벌이를 해야 하는 경우도 많다. 뭐니 뭐니 해도 머니(돈)가 최고라고 하는 시대이니 요즘 흔한 말로 부모의 은수저 금수저도 저울대에 오르기도 한다. 이 또한 시대

의 흐름이 유행어처럼 번지지만 사랑으로 한 가정을 이루는 데 모두가 그런 건 아니다.

　그나마 전통을 고수하며 이어주는 어머니들과 관심을 가져주는 신랑 신부들이 있어 함께 공감하며 신이 나는 일도 많다. 관심이 없던 신랑 신부들도 정작 한복을 입어보고는 표정이 달라진다. 정말 결혼을 하는 느낌이라며 예쁘게 사진을 찍어 모바일청첩장으로 사용하기도 한다.

　몇 달 전 오랜 지인인 전통 차와 예절 선생님으로 활동하는 분의 아들이 서울의 규수와 혼사를 하였다. 신부 댁의 안사돈은 전통 손자수를 하시는 분이셨다. 서로 사돈이 된 양가의 전통 혼례를 눈여겨보는 과정에서 혼례 예법을 줄이지 않고 그대로 진행하는 모습을 보며 오랜만에 큰 감동을 받았다.

　＊＊〈신랑 댁에서 정성 들여 사성을 써서 먼저 신부 댁으로 보내고, 신부 댁에서 날을 받은 연길을 보내왔다. 결혼하기 일주일 전에 신랑 댁에서 함과 정갈한 음식을 해 보냈다. 양가 전통 혼례음식의 정성에 또 한번 감동했다. 함 안에는 의미를 부여한 목화씨, 팥, 노란 콩, 찹쌀, 깎은 향나무를 다섯 가지 색깔의 주머니에 넣고 방위에 맞추어 함 안에 넣었다. 기러기 한 쌍과 장만한 신부의 장신구를 눈길이 머물게 포

장을 하여 정갈하게 넣었다. 신부 댁 어른에게 감사의 편지를 보내는 혼서지는 자수를 곱게 새긴 검은 주머니에 넣어 위에 올린다. 한복의 치마는 청색 한지에 홍색 동심결로 묶고, 저고리는 홍색 한지에 청색 동심결로 묶어서 제일 위에 넣고 함의 문을 닫았다. 청색은 안으로, 홍색 함보가 겉으로 보이도록 싸서 함보의 네 모서리를 메지 않고 풀리지 않게 묶어 봉황이 품은 뜻 모서리를 펼친다. 마지막에 다른 사람이 풀어보지 못하게 근봉을 쓴 띠를 두른다. 이동수단으로 함을 메고 갈 때는 흰 가재 천으로 사계절의 의미로 접어서 묶어 고를 빼서 솔솔 풀리게 끝을 엮어 내린다. 양가의 사돈이 한자리에서 인사의 예를 올리는 폐백 때의 음식이며 절차를 그대로 재현해주는 과정을 보는 듯, 내 업이 살아있음을 느끼게 하였다.

혼주는 그동안 힘들었다는 기색은 전혀 보이지 않았다. 오히려 자식을 키워 짝을 지어 새 가정을 탄생시키는 의미를 부여해주는 과정을 부모로서 즐거운 마음으로 하였다며 웃음을 지으셨다. 혼례예복 제작을 하며 그 과정을 도와주는 전문인이라던 나도 고객의 입장에서 도우다 보니 어쩌랴. 줄이는 데 익숙해져 가고 있음을 느꼈다.

** 〈"요즘은" 하며 편리 위주로 퍼지는 입소문으로〉 우리의 전통이 편리 위주로 변형되고, 많은 것을 생략해버리면 다시 돌리기는 쉬운 일이 아니다. 우리 전통 혼례예법은 우리나라 결혼문화를 상징하는 성스러운 의식이다. 민족의 정체성을 잃지 않는 최소한의 전통은 이어져 지켜져야 할 것이다. 국민소득 3만 달러가 되고 방탄소년단과 블랙핑크 등 한류스타와 젊은이들이 장소에 맞추어 한복 의상과 장신구로 세계적인 큰 무대를 휩쓸 듯이 우리 것은 우리가 지킬 때 전통은 이어질 것이다.

표정

휙 날아가 버렸다. 몇 년을 저장한 사진인데 이럴 수가, 스마트폰을 익숙하게 다루지 못한 탓이다. 소유한 무엇이 연기처럼 흩어져 순식간에 날려버린 기분이랄까. 지나간 날 나의 모습을 잃어버린 것이다.

몇 년 전부터 출근할 때 누구를 만나기 전, 나의 표정을 핸드폰에 담아보는 습관이 생겼다. 그 습관은 내가 가진 장점 중의 하나라는 생각이 들어 그런 나에게 가끔 칭찬을 해주기도 한다. 핸드폰의 갤러리에 보관된 수백 개의 표정을 보노라면 같은 모습은 하나도 없다. 영상은 돌아오지 않는 시간을 붙잡아둔 듯 세월의 흐름에 맞추어 변해가는 모습을 연속해서 볼 수 있기에 더욱 소중하였다. 우울할 때 밝게 웃는 표정을 보며 때로는 기분이 전환되기도 하거니와 삶에서 사기가 떨어질 때 자신감도 주었다.

흔히들 얼굴에 비치는 표정은 마음에서 우러나온다고들 한다. 하지만 관계로 이루어지는 현대를 살면서 내 마음을 그대로 표출하지 못할 때가 어쩌면 더 많을 수도 있다. 상대방의 심리에 맞추어 표정을 나타내는 것은 그에 대한 예의이며 배려라는 생각이다. 손님과 상담할 때의 진지한 표정, 친구와 식사 약속 장소에서의 밝은 표정, 상가에서 함께 슬퍼하는 표정 등 수많은 만남을 반복하며 세월을 다듬어 가기 때문이다.

사람들은 내가 웃는 모습이 좋다고들 한다. 꽃잎같이 고운 입술을 가진 것도 아니고, 웃을 때 가지런한 하얀 치아도 아니다. 어쩌면 내 얼굴 중에 제일 자신이 없어 늘 컴플렉스를 가지고 있었기에 나름대로 노력할 수밖에.

나는 다소 밀폐된 화장실을 좋아한다. 나만 비치는 통 거울에 화를 낸 뾰로통해진 표정을 보면 그렇게 우스울 수가 없다. 표정을 바꾸어야 할 때는 거울을 꺼내보면서 연기를 하듯 다양한 표정을 지어 보았다.

'행복하니까 웃는다'와 '웃으니 행복하다'는 말처럼 보이는 나와 보이지 않는 내 안의 나의 대립이 가끔 있지만 결국은 한 몸이니 어쩌랴.

표정을 잘 나타낸 예술가 중 레오나르도 다빈치가 그린 모나리자의 신비한 미소와 뭉크의 절규가 대비된다.

북유럽 가족여행 중에 프랑스 파리의 루브르 박물관에서 본 가로 55cm, 세로 77cm의 이 그림은 가장 많은 방문객을 맞으며 다빈치의 천재성과 미세한 부분을 보여주고 있었다. 작가는 이 그림을 그리기 위해 정원에서 연주를 하고 파티도 열면서 모델의 마음은 항상 즐겁고 싱그럽게 해주었다. 그 덕에 정숙한 미소를 머금은 표정과 편안하게 포갠 손을 그릴 수 있었다. 인간에 대한 오묘한 감정과 관능의 신비스러운 상상력으로 문학적인 가치로도 높은 평가를 받고 있다고 한다.

에드바르 뭉크의 일그러지고 공포에 질린 얼굴이 그려진 대표작 〈절규〉는 뭉크 100주년 기념으로 개관한 노르웨이 오슬로 뭉크미술관에 보관하고 있다. 그가 살던 곳은 노르웨이 피오르 해안 아래 정신병자를 수용하는 병원이었고 동생인 로라도 우울증 환자였다. 그 주위에는 도살장이 있고 뭉크의 친구도 이곳에서 자살을 시도한 적이 있었다. 그의 곁에 도사리고 있는 우울, 죽음의 내면을 표출하여 그렸을 것이다.

불후의 명작으로 두 작품이 지금까지 사랑을 받는 이유는 시대적인 배경에 개인의 내면을 표현한 표정 때문일 것이다. 그것 역시 보는 사람들의 관점과 상상에 맡길 일이다.

돌 지난 어린 손녀 리아가 낯가림을 하면서 제 엄마 치맛자락 뒤에 숨어 있다가 나와 눈을 맞추면 살포시 웃는 모습이 그렇게 순진하게 예쁠 수가 없다. 나 역시 어릴 때부터 그렇게 웃었다고 한다. 서양 사람들이 만나면 웃는 표정을 짓는 것은 총을 소지하고 있기 때문에 경계를 무너트리기 위해서 밝은 표정을 짓는다고들 한다. 좀 어색한 분위기를 넘기기 위해서는 살포시 웃는 것이 무기인 듯하다.

흔히들 살아온 얼굴의 표정을 두고 40대부터 자기 얼굴은 자기가 책임져야 한다니 나의 스마트폰에서 날아가 버린 지난날들의 표정들이 그립다. 다시 그 공간에 편안한 표정들로 채워나가야 할 것이다.

일탈

　오랜만에 고향 친구들을 만났다. 점심을 먹으며 그간 모아둔 이야기로 너도나도 수다가 한창이다. 식사 후 그냥 헤어지기 아쉬워 커피숍으로 자리를 옮겼다. 봄바람은 치맛자락을 팔랑이지만 뭉실해진 몸매와 큰 목소리는 스친 세월만큼 두루뭉술해졌다. 앞산 골을 따라 흐르는 신록의 향기가 콧속으로 스며든다. 지금쯤 고향의 앞산 뒷산도 초록으로 가득할 것이다. 아카시아 향기가 골짝을 타고 퍼지듯 산만한 이야기들도 한 줄기가 되어 고향으로 흐른다.

　음악이 흐르는 이층 커피숍은 아늑하다. 저마다 의자 깊숙이 몸을 묻고 오랜만에 가진 여유로 음악에 푹 빠져 본다. 통유리 밖으로 보이는 앞산 자락은 말 그대로 녹음방초이다. 그

여유도 잠깐인 채 커피를 시켜 놓고 저마다 일상의 푸념 보따리를 풀어내기 시작한다.

어떤 친구는 사십이 다 된 아들딸이 연애도 못 하고 결혼할 생각도 않는다며 하소연을 토한다. 일찌감치 연애하여 결혼한 아들딸이 효자라며 먼저 결혼시킨 친구를 부러워한다. 한참 자식들의 연애 이야기가 오가면서 누군가 연이 이야기를 끄집어낸다. 연이는 우리에게 잊을 수 없는 고향 친구이다.

"그 가시나는 시대를 잘못 타고난 기라."

"누구 말이고?"

"연이 말이다. 그래 살다 갈 것을…."

"어디든지 숨어서라도 살았더라면 좋은 세상 만날 것을."

고향에서 몇 집 건너 살았던 그 친구는 외갓집에서 태어났다고 해서 외연이라 불렀다. 친구의 외갓집은 면 소재지에서 행신깨나 하는 집이었다. 연이 엄마는 한동네에 시집갔고, 갓을 쓴 엄격한 친정아버지와 성격이 급한 남편을 만나 사람 등쌀에 치여 말이 없었다.

연이는 가무잡잡한 얼굴에 웃으면 보조개가 살짝 지는 애교가 많던 친구였다. 우리는 운이 좋게 몇몇 친구와 대구에 나와 고등학교를 다녔다. 집에서 해방됐다는 자유를 마음껏 누리고 싶어 할 시기였다.

까만 스커트에 흰색 교복 차림에 머리를 두 가닥 땋은 친구는 누가 봐도 새침하고 깔끔한 학생이었고 조금은 조숙한 그녀를 바람은 그냥 두지 않았다. 애틋한 감정은 곧바로 연애로 이어졌다. 친구의 마음을 훔친 남자는 대학생이었다. 연애를 한다는 소문이 동네에 퍼지기 시작했다. 성격이 급하고 엄격한 그녀 아버지는 노발대발이었다. 대구에서 공부하는 딸을 불러내려 삼단 같던 머리를 가위로 쏭덩 잘라 방에 가두어 버렸다.

다음 날 모자를 쓰고 첫 버스를 타고 간 이후 그 친구를 본 사람은 아무도 없었다. 훗날 들리는 얘기로는, 남자 친구 역시 집안에서 쫓겨났다고 했다. 몇 년 후, 두 청춘 남녀가 함께 유명을 달리했다는 신문 기사에 우리 모두 가슴을 쓸어내렸다.

연이를 생각하면 〈로미오와 줄리엣〉의 사랑이 떠오른다. 그 두 집은 원수라고 되었지만, 이들은 사랑의 선택보다 시대적인 관습에 밀려 돌이킬 수 없는 불행을 당한 꼴이다. 부모와 자식 간에 교감이 없던 시대였지만 서로의 감정을 조금이라도 이해하였다면 방법은 얼마든지 있지 않았겠는가. 그날, 친구들은 연이 부모를 나무라기도 하고 시대적인 관념을 원망하기도 하였다.

해마다 이맘때면 여린 꽃잎을 펴 보지도 못한 채 억울하게 가버린 친구가 생각난다.

'지금 세상에 태어났더라면 행복하게 잘 살았겠지.'

어느덧 붉은 노을에 아카시아 꽃잎은 눈처럼 날리고, 일행은 긴 그림자를 남기며 저녁밥을 지으러 총총히 흩어진다.

잿빛 노을

잿빛 노을이 하늘을 휘감고 있다. 지난밤 내린 가을비로 떨어진 낙엽은 물기를 머금고 얌전히 땅에 붙어 움직임이 없다. 가끔씩 불어오는 찬바람이 옷깃을 여미게 한다. 하루를 마감하는 노을을 보니 문득 낮에 만난 김 노인의 모습이 눈에 밟힌다.

삶에 지쳐 움푹 파인 눈, 거무스름한 얼굴의 깊은 주름, 구부정한 허리는 세상의 짐을 혼자 다 진 것처럼 힘들어 보인다. 누가 그 노인에게 무거운 짐을 지게 하였을까. 세수를 하고 빗질까지 한 매무새였지만 초췌함은 지워지지 않는다. 오늘도 그는 바쁜 손길로 손자 손녀 아침을 지어 먹여 학교를 보냈을 것이다.

국제로터리 봉사단체에서 매주 실시하는 D공원 무료급식소 배식 봉사하는 날이다. 서로 다른 개인 사업으로 바쁜 회원들이지만 정해진 날짜에 몇 명씩 조를 맞추어 배식 봉사를 한다. 이제 겨우 열시를 넘겼는데, 벌써 밥차 앞에는 노인들이 양지바른 곳을 따라 구불구불하게 긴 줄을 잇고 있다. 이른 시간부터 나온 종교단체 봉사자들도 몇백 명의 밥과 반찬을 만드느라 분주한 모습이다. 손발이 척척 맞는 밥차 봉사자들의 재빠른 모습은 보기에도 시원스럽다.

집안일을 해 놓고 나와서 어려운 사람들을 위해 몸 담아 봉사하는 사람들 표정은 하나같이 웃음을 머금은 밝은 모습이다. 큰 솥 안에서 부글부글 끓어오르는 쇠고깃국 냄새와 무채 생절이의 새콤함이 목젖을 당기며 시장기를 돋운다. 봉사자들의 행복해하는 모습에 나도 덩달아 보살이 된 듯 행복한 기쁨이 출렁인다.

배식 판 위에 갓 지은 흰 쌀밥과 김이 무럭무럭 나는 쇠고깃국이 올려진다. 거기에 무채 무침, 멸치 볶음, 김 한 통, 요구르트에 밀감까지 얹으니 오늘은 더욱 푸짐한 밥상이다. 생일상이라도 받은 듯 행복해하는 표정에 가슴이 애잔하다.

그들은 배우자를 먼저 보내고 외기러기 생활을 하는 할아버지와 할머니가 대부분이다. 가난의 굴레로 축 처진 양어깨

가 힘든 삶을 대신 말해 주는 듯하다. 몇몇 할머니는 구부정한 허리지만 다소 화장기 있는 얼굴로 삼삼오오 모여 이야기들을 나누고 있어 그래도 좀 나아 보인다. 반면 할아버지들은 측은한 마음이 절로 생길 만큼 행색이 초라하다.

한때는 그들도 가족을 건사하던 가장이었을 것이고, 도도한 젊음의 호기를 믿고 호언장담도 서슴지 않고 살았을 것이다. 어찌 이런 모습을 상상이나 했을까. 내일을 모르고 오늘을 살고 있는 우리네가 아니더냐. 솟던 기운도, 단단하던 근육도 세월 속에 다 뺏겨버리고 축 늘어진 어깨가 더욱 힘겨워 보인다. 가난과 외로움만 남았는데, 다가오는 겨울을 어떻게 견딜까 걱정스럽다.

배식이 끝날 즈음, 황급히 달려온 할머니 한 분이 챙겨온 비닐봉지에 밥을 담아 넣으며 다그친다.

"김 노인, 빨리 비닐봉지 꺼내 담으소."

"알았어요."

한 동네에 살고 있다는 할머니는 이 할아버지가 사는 것이 너무 안쓰럽다며 내 몸을 당기면서 살며시 귓속말을 한다.

"저 노인은 손자 손녀 둘을 키우고 있어요. 아이들 것을 좀 챙겨주고 싶어서 그래요. 좀 도와주세요."

혼자 몸도 감당하기 어려운 형편에 손자들까지 짊어지고

있다는 말을 들으니 맘이 짠해온다. 몸은 앙상하게 마르고 허름한 옷차림이었지만 주름 속에 감춰진 예리한 눈매와 단정한 모습을 보아 젊었을 땐 직장도 번듯했을 것 같다. 하나 있는 아들이 사업이 힘들다고 해서 퇴직금을 내주고, 집도 담보로 잡혀 쫓겨나게 됐다고 한다. 그런 아들 내외는 연락이 끊겨 지금은 어디서 살고 있는지도 모른단다. 이웃집 할머니의 말대로 아이들을 맡긴 아들이 원망스러웠다. 몇 년 전 노인의 아내마저 저세상으로 떠났는데, 남겨진 가족이 눈에 밟혀 제대로 눈을 감지 못하고 돌아가셨다고 한다.

그 말을 듣는 순간, 나는 말문이 닫히고 가슴에서 알 수 없는 분노가 치밀어 올랐다. 먹는 것은 얼마든지 먹지만 가져가지는 못하는 밥차의 규정쯤은 아랑곳할 바가 아니다. 밥과 국을 각각 비닐봉지에 듬뿍 담고, 밀감과 김도 바리바리 싸서 살며시 옆에 두었다. 그러고는 김 노인과 눈을 마주하고 손을 꼭 잡아드렸다.

잔잔하게 물든 석양은 얼마나 아름답고 고운가. 눈부신 노을처럼 노년을 평화롭게 보내는 사람도 많은데, 그 노인의 노을은 왜 온통 잿빛이런가. 사는 것이 고행이라지만 아들의 기쁜 소식 한 가닥을 희망으로 기다리는 할아버지는 아직도 짙은 구름으로 가려져 있는 듯하다. 대를 거슬러 모든 멍에를

짊어진 김 노인이 내 가슴을 아리고 슬프게 만든다.

　그도 농부의 소망처럼 풍성한 가을을 맞고 싶었을 테고, 아름다운 노을이 있는 안식의 시간을 기다렸으리라.

아름다운 인연의 수채화

고향 친구, 말만 들어도 정겹고 푸근하다.

'옷깃만 스쳐도 인연'이라는데 같은 지역에서의 또래는 대단한 인연이라 여겨진다. 우리들의 고향인 구지면은 달성군의 최남단인 경남과의 경계이며, 공자를 머리에 이고 있다는 대니산이 병풍처럼 펼쳐져 있고 낙동강이 굽이굽이 돌아흘러가는 곳이다. 보이는 것은 논과 밭, 산과 강뿐인 농촌이었다.

국가산업단지로 지정되면서 민심은 옛날과 달라졌겠지만 도와 예를 갖춘 충효의 고장인 만큼 가는 곳마다 성현들의 발자취와 사당을 볼 수 있다. 세계문화유산으로 지정된 도동리의 도동서원과 내리에 이노정을 비롯하여 인근 현풍에는 십이정려각이 있다. 같은 성씨들의 집성촌으로 이루어져서 일가친척이 되고, 가까운 오일장을 이용하는 부모끼리 맺은 인연으로 더러는 사돈까지 맺어진다.

공립인 구지초등학교가 95년을 이어오면서 교정의 은행나무도 지친 몸으로 지팡이를 짚고 버티고 서 있다. 6.25전쟁 이후 급격한 인구 증가로 오설초등학교와 구남초등학교를 분교로 두고 유산초등학교도 설립되었지만 삶의 터전이 도시로 이동되고 급격한 인구 감소로 오래전에 폐교가 되었다.

초등교육을 마친 아이들을 위해 설립된 구지중학교는 지역의 유지이신 故 최종대 재단이사장이 사비를 털어 육영사업을 하신 덕으로 1952년 〈구지중학교〉가 설립되었다. 농촌에서 도시의 고등학교로 갈 수 있는 배움의 징검다리를 놓아주신 셈이었다.

후학 양성으로 존경받던 그분도 닥치는 바람과 세월을 이기지 못하고, 구지중학교는 사립에서 공립으로 전환되었다. 그분의 높은 교육의 뜻을 기리기 위해 총동창회에서는 교정에 그분의 동상을 세워 지금도 업적을 기리고 있다.

모든 것이 열악하고 교통이 불편한 오지에 부임한 선생님들은 초등이든 중등이든 한결같이 우리들에게 꿈을 키워주

고 용기를 북돋워 주었다. 살아가면서 힘들고 어려울 때 그때 불렀던 동요의 가사를 음미하면 위안이 되었고, 그때 배운 가곡을 부르면 왠지 모르게 힘이 솟았다.

성장하여 둥지를 떠나는 아기 새의 첫 날갯짓처럼 도시로 향했던 우리는 사회라는 황량한 모래땅에서 저마다의 무게로 부딪쳐야 했다. 집안의 도움과 보조는 너무나 미비했고, 부모의 마음은 애가 탈 뿐이었다. 허물어지기만 하는 모래땅에 적당한 시멘트와 물은 지혜와 인내가 되어 저마다의 집을 만들어 내며 여기까지 온 것이다.

1995년 대구광역시로 편입이 되고 그 이후 국가산업단지로 지정되면서 시골 마을에 천지개벽이 일어났다. 산모퉁이 돌아 아담한 동네도, 달빛에 환한 동구 마당의 회나무도 기억 속으로 간직할 뿐이다. 이제는 앞산보다 높은 빌딩, 넓혀진 도로와 공장으로 정든 고향은 모습을 잃었고, 동네도 하나둘 사라지고 있다. 구지초등학교는 그 자리를 지키고 있지만 긴 세월 정들었던 구지중학교는 신시가지로 이전하였다.

우리 세대는 그래도 축복받은 또래이다. 51년생을 중심으로 막 전쟁이 끝날 무렵 태어났으니 위아래 기수 중에 학생수는 제일 적지만 직접 전쟁을 접하지는 않았다.

사십대 때의 동기회 활동은 바쁜 사회생활로 뜸하였지만, 조금은 여유가 생긴 오십대에는 동기회가 정해진 날이면 초등이든 중등이든 설레는 마음으로 모여들었다. 회 한 접시에 소주잔이 넘치는 만큼 가슴에 남겨둔 말도, 기쁘고 아픈 추억도 함께 넘쳤다.

어려운 세월 속에서도 총동창회는 이어지고 총동창회장이 주축이 되어 2년마다 동문 간의 우의를 다지는 체육대회를 개최하고 있다. 그때는 경향 각처에서 모여 교기인 배구로 선후배와 어우러진다. 무뎌진 몸이지만 경쟁을 하고 운동장이 비좁도록 꽹과리를 울리며 혈연 지연 학연이 함께 어울리는 한마당 축제를 벌인다. 동문 선배 한 분은 우리나라에서 고려대학교 총동창회가 제일 단합이 잘되고 그 다음이 우리 구지중학교 총동창회라며 동문들의 단합이 잘된다고 했다.

고향 학교에 애정과 관심을 가지다 보니 2016-17년도 여성으로서는 처음으로 구지중학교 총동창회장의 임무가 내게 맡겨졌다. 몇 번 손사래를 쳤지만 임무는 주어지고 말았다. 그동안 배출된 팔천여 졸업생의 대표로 벅찬 직책을 맡은 나에게 우리 동기생들은 임기 동안 잘 마칠 수 있도록 힘과 용기로 북돋아 주었고 자기 일처럼 도와주었다.

경향 각처에 흩어져 삶의 터전을 잡고 사는 선후배 동문들에게 모교를 알리는 회보를 보내고, 고향을 지키고 있는 동문들과 친목을 위한 교류를 하였다. 열악한 총동창회 기금을 마련하기 위해 모교 발전기금을 조성하였고, 선후배와 쌓은 끈끈한 우정은 전 동문의 모교 사랑으로 이어졌다.

나의 임기가 시작되는 첫해 모교 이전을 앞두고 정든 교정에서의 마지막 체육대회를 치르게 되었다. 운동장을 꽉 메운 동문들과 관내 유지들이 모인 식장에서 '정든 교정의 마지막 체육대회'라는 나의 인사말에 운동장에 모인 동문들과 고향 어르신 모두가 숙연해지기도 하였다. 저마다의 추억을 간직한 정든 교정의 기억이 아쉬움으로 가슴 깊이 남았을 것이다. 고향 모교의 총동창회장직은 사회 어느 단체의 장을 맡을 때보다 잊을 수 없는 내 삶의 진한 수채화로 가슴 깊이 남아 있다.

올해 70년지기 친구들과 합동으로 꽃피는 사월에 2박 3일 제주도로 칠순 여행을 떠나기로 하였다. 준비 위원이 구성되고 서로 함께 가자고 부추기며, 마음은 16세 순이만큼 부풀어 있었다. 회갑이 되던 해에 1박 2일 땅끝마을로 여행을 다녀왔지만 10년이 지난 지금, 애석하게도 이미 세상을 떠난 친구들도 더러 있다.

황혼 앞에서 고운 노을로 함께 물들어야 할 때 코로나19로 여행이 연기되었지만, 지난 세월 쌓은 동기라는 인연으로 애틋하고 푸근한 마음만은 대니산만큼 높고 낙동강처럼 깊고 유구할 것이다.

선물

유독 인연이 깊은 시고모님 한 분이 계셨다. 내가 한복업을 하게 된 동기라고 할 수도 있을 만큼 시고모님 댁은 사업으로 크게 성공했다. 사업이란 그런 것인지, 승승장구를 하다가 어느 날 갑자기 부도를 크게 맞았다.

어려움 속에서도 아끼시던 안방의 자개농과 귀한 도자기들은 작은 집으로 이사하면서도 분신같이 함께 가지고 다니며 비좁게 사셨다. 어렵고 힘들어진 가정을 오직 부처님께 기도하며 사셨고 식솔들이 건강하게 지내는 것에 감사하는 마음은 보살님이라 부를 만하였다.

시고모님이 잘 사실 때, 어려운 친정에 물심양면으로 도움을 주셨다. 그런 시고모님을 유별나게 좋아하고 위로하는 나

의 큰 시누이가 계셨다. 서울에서 일이 있어 친정인 대구에 내려오면 꼭 고모님을 찾아 가셨다. 내가 운전을 하여 자동차로 드라이브를 하면 두 분은 옛날 노래로 회포를 풀고 따스한 음식을 먹으며 위로해 주시곤 하였다.

시고모님이 돌아가시기 한 달 전에 서울 시누이가 대구에 오셨다. 거동이 불편한 시고모님 댁에서 식사한다며 국과 반찬 몇 가지를 준비하였다. 마침 시고모님의 막내아들도 반찬을 준비하여 와서 함께 식사하였다.

식사를 마치고 다락 위 선반에 신문지로 싸놓은 항아리 두 개가 보였다. "저건 뭐예요." 하는 순간 모자가 함께 반가운 듯 누나와 형수님 하나씩 가지라는 것이다. 먼지를 덮어쓴 도자기의 색깔이 신문지 사이로 보였다. 한 개는 하얀색, 다른 하나는 회색 도자기였다. 두 개 중에 하얀색을 내가 가지겠다고 하였다. 당신이 이 세상에서 사실 날이 얼마 남지 않았음을 암시받은 듯 그 전에도 필요한 것을 가져가라고 하셨지만 나 역시 물건에 별 욕심이 없어 손사래를 친 것이다.

보름달을 닮은 동그란 달 항아리의 입구가 작은 단추를 엎어 놓은 듯하여 자세히 들여다보니 활짝 핀 연꽃을 거꾸로 세운 줄기에 꽃받침으로 입구를 만들어 놓았다. 한번 들어가면 나오기 어려운 구멍 같은 입구를 보는 순간 말을 아끼라는 생각이 들어 나 혼자 고개를 끄덕였다.

한참 후에 지인이 달 항아리 중에서도 〈괄랑 무구〉라고 가르쳐 주었다. 흰 백자에 새긴 연꽃과 한가로이 노니는 운학이 기품 있는 고운 여인네 같아 보인다고 하였다.

시고모님이 힘들던 시기에 그의 모자와 나만 아는 거래가 있었다. 그날 잘 만나기 어려운 시고모님의 막내아들과 한자리에 모인 것이다. 돌아가시기 전에 인과의 법까지 맑게 하고 가시는구나 싶었다.

어떤 영적인 힘이 우리에게 주어진 것인지, 시고모님은 생을 마감하시며 내게 선물을 주고 새처럼 가볍게 여행을 떠나셨다.

연어가 바다를 멋지게 헤엄치듯, 나도 온몸으로
글 바다에서 반짝이는 은유를 찾아 멋진 글을 쓰고 싶다.
알래스카의 5월, 밤바다는 무척 추웠으나
가슴에는 뜨거운 의욕이 솟구친다.

4부

케치칸의 연어

누구의 꽃으로 피어나길

재고 처리를 하는 날이다. 한때 노다지의 꿈을 간직한 채 겹겹이 쌓여 누워있다. 운 좋게 냉난방과 통풍이 잘되는 깨끗한 창고에서 상전 대우를 받으면서. 그건 너의 몸을 함부로 다룰 수 없는 누에고치의 후예이기에 가능한 것이다. 그동안 너를 반겨줄 주인을 기다린 나의 고심도 깊었다. 애지중지한 너이기에 헐값으로는 허용이 되지 않아 여기까지 온 것이다. 이제 너를 아낄 뿐 몸값에는 마음을 비웠다. 그래서 너를 꽃 피워 줄 중신아비와 이제야 인연이 된 것 같다.

사람이든 물건이든 전성기가 있다. 한때 유명세를 타고 하늘 높은 줄 모르고 치솟던 인기도 유행이라는 물살 앞에서는 맥을 못 춘다. 의식주 중 하나를 택하여 사업을 하면 망하지는 않는다고들 한다. 그래서 시작한 한복 원단을 가공하는 일은 나의 영감과 끼로 이루어내는 신비하고 황홀한 작업이다.

나라의 경제 사정에 따라 국민의 삶의 질이 달라지듯이 거기에 맞춰 원단과 디자인이 변화되고, 많이 입혀지는 것이 패션의 유행이 된다.

노동이 전부였던 시절에 흑백 TV의 출시는 심신이 지친 국민들의 영양제였다. 육영수 여사의 한복 입은 자태로 인격을 가름하였듯이, 그 당시 영부인의 한복 의상은 국민들의 유행 패션으로 이어졌다. 컬러 TV의 출현은 세상을 온통 시각의 매체로 바꾸어 놓았다고 해도 과언이 아닐 성싶다.

전두환 대통령의 취임식에 손을 흔들며 입장하는 L 영부인의 화려한 한복 의상은 보색의 화려함으로 절정을 이루었다. 노태우 대통령 K 영부인의 부드러운 파스텔 톤은 한국 전통의상에 고상한 품격과 자태로 또 다른 변화를 주었다. 넓은 치마폭에 미싱공이 새기는 꽃문양의 인기는 날개를 달면서 주문이 쌓였다. 손이 모자라 납기일을 맞출 수 없어 그림을 그리기도 하고 전사나염으로 찍어 내기도 하였다.

중국과 무역 교류가 시작되면서 손 자수를 도입한 것은 획기적인 발상이었다. 그곳의 값싼 인력으로 우리나라의 대다수 국민들에게 손 자수 한복을 입히는 데 크게 기여를 한 것이다.

민족마다 문화의 특성이 있듯이 중국의 손 자수공이 우리나라의 정서로 색깔을 맞추는 작업은 어렵다. 하지만 밀린 주문에 색깔 정서를 고려할 여력이 없었다. 거칠고 딱딱한 미싱 자수보다 부드럽게 그러데이션이 된 손자수의 색채는 고객의 사랑을 받기에 충분하다.

고속도로 휴게소와 예식장에 도착하는 봉고 승합차와 버스에도 손 자수가 새겨진 한복 차림의 아낙들이 소복하게 내렸다. 넓은 치마폭에 새겨진 손 자수 문양만큼 여인네의 맵시와 자태가 한껏 부푼 외출이었다. 봄날 화초나 가을 단풍놀이에도 허리끈을 질끈 매고 치맛자락을 펄럭이며 덩실대던 춤사위는 불편한 것쯤은 아랑곳하지 않았다.

애지중지하는 딸이 어쩌다 혼기를 놓치게 되면 부모의 걱정은 태산이 되고 구박은 강물처럼 흐른다. 그런 딸이 시집을 가면 '속이 다 시원하다'고 한다. 갈 때까지 가 봐야 마음을 비우는 것일까.

애물단지라며 몇 번이나 처분하라는 제안을 받았지만 아까운 마음만 가지고 여기까지 온 것이다. "욕심이 많으면 실물을 감한다."는 속담이 수북하게 쌓인 원단에 서리서리 박

한다. 이제는 '창고 대 방출'이다. 이들이 시집갈 곳은 또 하나의 꿈을 펼칠 세계, 그곳에서 패션의 완성을 하는가 싶다. 내 새끼들을 시집보낼 곳은 북한이다.

오늘 나의 창고 문을 노크한 사람은 중국을 통해 국경을 넘나들며 교역하는 조선족이다. 손자수를 새길 때와 한·중 교류에 통역으로 물꼬를 튼 사람들이기도 하다. 지금까지도 큰 역할을 맡은 그들도 우리 민족인 것이다. 같은 민족이란 단어 하나로 이쪽과 저쪽에 물길을 튼다. 이미 작은 물길은 트여 있지만 그 물길 깊은 곳에는 동족상잔의 역사적 고통도 있다. 그리고 더 깊숙이에 한 핏줄의 문화와 전통이 묵묵히 흐르고 있음이다.

이제 세상 나들이를 채비하는 너희들의 숫자를 세는 내 손길이 매우 조심스럽다. 한때 나의 열정과 애환으로 만들어진 소중한 새끼들이었지만 제때 처분하지 못한 손실과 고충도 만만치 않다. 하지만 그곳에서나마 꿈을 펼치고 소임을 다할 수 있도록 더 깨끗이 손질하여 보내고 싶다. 오늘 치르는 값의 무게에는 흔쾌히 마음을 비웠다. 오히려 덤으로 더 주려고 한다. 아직 우리가 마음대로 드나들 수 없는 국경을 넘어가는 너희가 무척 애처롭기 때문이다.

'재고'라는 이름을 떨치고 어느 여인네의 꽃이 되어 사랑을 듬뿍 받을 그곳도 우리 민족의 땅이니 그나마 다행인가 싶다.

어여쁜 꽃으로 다시 태어날 너를 생각하며 나는 엄마가 된다.

가족사진

　새로 찍은 가족사진이 도착했다. 한가득 모습들이 화사하게 웃고 있다. 여태 자리를 지키며 함께한 가족사진을 떼 내고 그 자리에 새 액자를 걸려고 하니 선뜻 마음이 내키지 않는다. 헷갈린다는 단어를 이때 쓰나 싶다. 재와 부재의 두 마음이 아직 정리가 되지 않는다. 전에 사진에는 새 식구들이 없고 지금 사진에는 남편이 없다. 마음의 정리가 될 때까지 옛날 것과 그 아래 탁자 위에 지금의 가족사진 액자 두 개를 포개 놓았다.

　거실 벽에는 세상에서 하나뿐인 가족사진이 자리하고 있다. 그 속에는 이십 년 전의 젊음과 패기 찬 남편과 나, 그리고 아들과 딸이 자기의 자리를 지키며 행복한 모습으로 멈추어

214

져 있다. 삶의 흐름 속에서 남편의 자리가 부재가 되고 아이들은 제 짝을 만나 또 가족을 만들어가고 있다. 서로 멀리 떨어져 있어도 항상 함께 있는 듯 아침이면 인사하고 퇴근하여 문을 열면 오늘 하루 수고했다며 기다리고 있는 것 같아 눈을 맞추고 일과를 되뇌며 티비를 켜는 것이 일상이다.

한 대를 내려가니 많은 식구가 늘었다. 아들과 딸이 불혹의 나이가 되고 그 아랫대에 손주들도 이제는 학생들이 되었다. 그 식구들을 제외한 사진을 여태 걸어 놓자니 식구가 아닌 듯 미안한 마음이 들었다. 언제부터인가 꼭 가족사진을 찍어야겠다는 마음을 먹었지만 모두 모여 사진관에 가는 일은 쉽지 않았다.

가족사진을 찍기 위해 하루 날을 잡았다. 내가 십진법에 칠십이 되던 해를 빌미로 삼아 모이기 쉬운 일산에 사는 딸의 집에 모여 그곳의 사진관에서 찍기로 결정을 보았다. 평소에 마음먹은 가족사진은 가족 모두에게 한복을 입혀 찍고 싶었다. 그 마음은 내가 하는 일이니까 어려움이 없었다. 전 가족이 제각기 한복이 있지만 새것으로 교체하여 색깔 톤을 부드럽게 구성하였다. 하루 전에 가족의 한복과 소품을 한 트렁크에 담아 일산으로 갔다.

내일 입을 옷들을 펼쳐 놓으니 부풀은 속치마며 옷가지들이 한 마루였다. 모두 제 옷을 입어 보느라 부산을 떨고 웃으며 잔치 분위기가 되었다.

이튿날 이른 아침, 메이컵과 머리 손질을 해줄 출장 전문가가 집에 도착하였다. 화장과 머리 손질은 나의 일상이니 내 방식대로 해왔다. 결혼할 때 메이크업을 받아보고는 아직 한 번도 받아본 적이 없었다. 아이 둘 결혼 시킬 때도 머리 소질은 미용실에서 하였지만 얼굴은 평소처럼 내가 손질하였다. 하지만 오늘은 가족이 한 편의 드라마를 만드는 날인 만큼 모두가 배우처럼 꾸미고 촬영장인 예약된 사진관으로 갔다.

사진관에는 휴일이라 다른 가족들도 있었다. 어른들은 아이들 한복을 입히느라 힘을 빼고 저마다 부풀은 한복을 입느라 부산하기 짝이 없었다. 초등학교 다니는 손자가 의자에 앉으니 앞섶이 벌어져 임시로 꽂은 핀에 손가락이 찔렸다. 아프지만 울음을 참고 애써준 손자배우, 두 돌을 앞둔 손녀의 기분을 맞추랴 전문 사진사의 지시대로 배우들은 제자리에 배치가 끝났다. 짧은 고요 속에 돌아보니 부재의 남편 큰 기둥 자리는 아들과 사위가 서 있었다.

부산한 일과를 마치고 가족이 모두 예약된 장소에서 식사

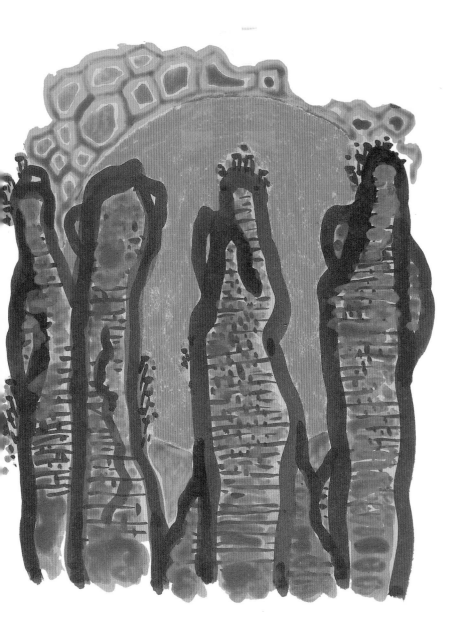

를 하였다. 삼대가 어우러진 자리는 아이들 이야기며, 어제 오늘의 드라마를 상기하며 화기애애하였다. 하룻밤 더 자고 가라는 아들네와 딸네의 권유를 애써 마다하고 동대구행 기차에 몸을 실었다. 깜깜해진 밤, 차창에 거울처럼 내 모습이 비친다. 메이크업과 헤어로 노을을 곱게 단장한 노배우가 추억을 꼭꼭 씹는다.

두바이 여행을 기억하며

작년에 두바이 여행을 했다. 가기 전부터 사막 위에 펑펑 솟구치는 원유를 생각했다. 가보니 그런 곳은 한 군데도 보이지 않는 숲이 푸르고 청정한 도시였다. 매장 원유가 100년을 써도 남는단다. 그것도 언젠가는 고갈되기에 그들은 후세를 위하여 덮어 두었다. 세계 최초, 최고, 최대를 지향하는 이 도시에서 우리의 탈원전 정책을 생각하니 머리를 후려치는 안타까움이 일었다.

탈원전 논란이 끊임없이 사회문제가 되고 있다. 장인순 한국원자력연구소 명예소장은 "21세기 불가사의가 있다면 산유국이 원전을 설치하는 것과 우리나라의 탈원전 정책"이라고 말하기까지 했다. 천연 에너지 한 방울 나오지 않는 대한

민국, 그런 우리가 언제부터 전깃불을 마음대로 밝혔는가? 에어컨만 켜도 전기 차단기가 내려가 버렸던 때가 있었다. 가난의 굴레를 벗어나려는 열망으로 우리의 과학도들은 가장 짧은 기간에 열악한 환경 속에서 원자력을 개발하여, 세계 최고의 기술을 자랑한다.

세계적인 석유 산유국인 UAE를 움직이는 것은 값싼 전기였다. 가까운 중국에서는 2030년까지 매년 원전 8개씩을 지어 100만kw를 생산할 계획이다. 종사 인력이 무려 15만 명이다. 일본도 후쿠시마 원전 사고 이후 복구와 동시에 새로운 원전을 짓는다. 미국, 러시아 등 에너지 부국들은 왜 원자력을 짓는가?

우리의 원전 기술은 발전소를 만드는 것보다 핵을 만드는 과정이 더 쉽다고 한다. 단연 북한이 우리의 탈원전을 제일 반길 것이다.

탈원전을 외치면서 우리의 원전 기술을 수출하겠다는 정부의 표리부동에 전 세계는 냉소를 보내고 있다. "물 들어올 때 노 젓는다."는 속담이 무색하다. 해외로부터 수주한 원전 건설이 취소되고 과학도들은 실의에 빠져있다. 관련 종사자들은 생업을 접어야 하고 일자리를 잃었다. 이런 과학자들과

기술자들을 다른 나라에서 그냥 둘 리가 없다. 중국에서는 3배의 급료를 지불하겠다고 유혹의 손짓을 한다. 전문가 한 사람을 배출하는 데 얼마나 많은 노력과 재화가 따랐겠는가.

대학의 사정은 더욱 심각하다. 원자력과에 지망생이 없다. 미래의 대한민국 원자력 산업이 암담하다. 정책인 화력 발전소와 태양광 발전소는 어떠한가. 화력 발전소는 지구 온난화와 이상기후를 가속화하고, 초미세 먼지를 발생시켜 우리의 생명까지 위협할 것이다. 이 또한 미세먼지의 주범이다. 산과 들에 세워진 태양광 발전소는 자연 환경을 훼손하며 홍수와 해빙으로 인한 위험요소를 안고 있다. 일조량이 고르지 못하니 전기 생산량에 일관성이 없다.

어떤 산업 형태에서도 전기는 필수이다. 원전은 가장 안전하고, 값싼, 청정한 에너지를 생산한다. 문재인 정부가 대선 공약에 발목을 잡혀 미래를 포기해서는 안 된다.

〈한국자유총연맹 자유마당 에세이 2019년 4월호 게재〉

방짜유기박물관에 다녀와서

방짜유기박물관에 견학을 갔다. 유기의 역사와 명장이 된 어느 유기장이 쇠를 녹여 그릇을 완성하기까지의 과정을 재현하고 전시하는 곳이다. 방짜그릇이 건강에 좋다는 이야기는 들었지만 많은 종류의 그릇을 보고 놀라지 않을 수가 없었다. 특히 내 눈길을 끈 것은 우리 집 한구석에서 애물단지가 된 유기그릇세트가 그곳 유리 진열장 안에서 우아하게 손님을 맞고 있는 것이다.

장애인 봉사단체에서 장애우돕기 기금을 마련하기 위해 유기그릇을 판매한다며 은근히 강요하였다. 남편의 직장을 방문한 판매원이었지만 주방기구이기에 선택은 나에게 넘겨졌다. 강매를 한 것이 마음에 걸리긴 하였지만 장애인 재단에 도움이 된다기에 구입하게 되었다. 만만한 가격이 아니었지만 방짜는 기계로 찍어내는 것이 아닌, 구리와 주석을 섞어 녹여 손작업으로 완성되기에 보기만 해도 장인의 손길이 느껴져서 구입하였다.

내가 소속된 대구 새마을목련회와 전라도의 새마을백일홍회는 영호남 교류를 목적으로 몇 년 전부터 매년 오가고 있다. 관변단체인 새마을부녀회를 후원하며 서로의 문화를 이해하고, 사업계획도 교류하는 단체이다. 올해는 대구 목련회에서 초청을 하여 대구 동구에 위치하고 있는 방짜유기박물관을 견학하기로 하였다.

영상실에서 하나의 그릇이 완성되기까지 과정을 눈여겨보았다. 사람도 하나의 인격체를 만들기 위해서 부모와 사회가 혼신의 힘을 다하듯이, 그릇 하나를 탄생시키는 일 또한 마찬가지인 듯싶다. 무겁고 우직한 덩어리를 불에 달궈 쇠망치로 두드린다. 수없는 담금질과 두드림의 연속으로 하나의 그릇이 완성된다. 그 과정을 보니 오랜 역사의 흐름을 보는 것처럼 가슴 뭉클하다. 유기장의 끈질긴 투지와 집념은 아무나 할 수 없는 인내와 고통으로, 자신과의 싸움으로 느껴진다. 유기 그릇은 유광과 무광으로 만들어지는데 전시장에 진열된 것들은 더러는 유광도 있지만 거의가 무광이었다.

　내가 오래전 구입한 것은 유광이지만 사용하다 보면 무광에 가까워진다고 하였다. 하지만 처음 모습 그대로 윤이 반짝거리는 것이 화려해 보여 내 마음에 들었다. 요즘은 너 나 할 것 없이 넘쳐나는 물질의 홍수 시대에 살고 있다. 아무렇게 편하게 써도 깨지지 않는 재질과 개성에 맞는 예쁜 그릇들이 가게마다 흔하고 가격도 싸다. 거기에 비하면 땀방울의 결정체인 놋그릇이야말로 귀한 명품으로 대우받고 있다.

　집에 와서 창고에 보관해둔 박스를 열어 보았다. 저마다의 크기로 올망졸망한 반짝이는 것들이 아이처럼 살갑고 사랑스러워 보인다.

　내친김에 저녁에 친구를 불렀다. 있는 반찬에 그릇만 바꾸어서 담았는데도 품격이 있어 보인다. 한 상 차려서 주었더니 제대로 대접받은 느낌이라며 기분 좋게 먹는다.

　내 유년 시절, 엄마는 기왓장을 절구에 넣고 잘게 부수어 채에 쳤다. 양지 바른 곳에 멍석을 깔고 그 가루로 많은 제기와 촛대 그릇까지 종일 닦았다. 그렇게 고된 작업을 한 날 밤이면 어김없이 끙끙 앓던 모습이 떠오른다. 오늘 유기그릇으로 식사를 해 보고 나니 새삼 힘들어하던 엄마 생각이 난다.

편하게 사는 것에 길들여진 요즘 사람들은 불편한 것들을 사용하기를 꺼린다. 유기그릇은 무거워 들기가 부담스럽고, 용도 또한 다양하지 않아 쓰기가 불편하다. 장인의 손에서 힘들게 만들어진 귀한 것이지만 바쁜 현대인의 일상에서 막 쓰기에는 아무래도 부담스럽다. 제사상에 올리는 밥, 탕 그릇, 주전자와 술잔으로 가끔씩 꺼내 쓴다. 나머지 많은 것들은 또다시 상전으로 모셔 두기 일쑤이다.

돌이켜 생각해보니, 소중한 분들이 살아 계실 때 정성 들여 만든 음식을 귀한 유기그릇에 담은 밥상 한 번 못 차려 드린 것이 마음에 걸린다. 그래서 금 중에 지금이 제일 좋은 금이라 하지 않던가.

영국의 엘리자베스 여왕이 안동을 국빈으로 방문하였을 때, 우리의 유기그릇에 음식을 담아내어 극찬을 받았다고 한다. 역시 귀한 것은 귀하게 쓰일 때 제 몫을 하나 싶다. 내가 쓰기에는 부담스럽지만, 국밥집에서 유기그릇에 담아 주면 대접받는 기분이 들어 겸연쩍게 웃음을 짓는다.

급박하게 돌아가는 세계정세에 따라 우리의 전통은 편리한 대로 밀려나지만, '온고이지신溫故而知新'의 정신으로 장인의 손길이 연구 발전되어 전통이 면면히 이어지기를 바란

다. 나 역시 한복 제작 판매를 우직하게 지키고 있다. 돈을 번다는 데 목적을 두었다면 진작 그만두었을 것이다. 우리 장인들의 손끝이 우수한 것은 이미 세계에서 인정받고 있다. 방짜 유기를 다듬어내는 유기장들의 손재주가 세계문화유산을 만들어내고 전통을 이어가는 백년가업으로 이어지기를 바라는 마음이다.

신천동로에서 봄을 만나다

    신천동로를 가끔 달린다. 대구를 가로지르는 신천은 청도 팔조령에서 침산동을 거쳐 금호강과 합류하여 낙동강으로 흘러간다. 신천이 흐르는 서쪽은 대구를 순환하는 대로이며, 다른 한쪽은 동네로 이어지는 길과 신호등이 있어 여유가 있는 동로이다.

    신천은 사계절이 모두 좋지만 특히 봄이 오는 동로는 손님을 환영하듯 화사한 벚꽃이 줄지어 꽃대궐을 이루고 있다. 물길 따라 휘어진 커브길은 마치 낙동강을 돌아 고향 가는 길 같아서 푸근함에 빠져들곤 한다.

    냇가에는 봄의 전령사인 노란 개나리를 시작으로 물풀들과 꽃들이 계절 따라 잔잔한 물결에 대칭을 이루며 피고 진다. 하천 둑 너머에는 고층 아파트가 줄지어 서 있고 앞산과 멀리 비슬산이 어우러진 풍경은 한 폭의 수채화처럼 아름답다. 겨우내 움츠리고 있던 오리 가족도 줄지어 힘찬 자맥질을 하며 재주를 부려댄다. 수양버드나무는 물가 기슭에 뿌리를 내렸지만 물살에 씻겨 뿌리가 반쯤은 드러나 지친 듯 비스듬히 누워 있다. 연두로 물든 가는 긴 가지는 봄바람에 몸을 맡긴 채 일렁이며 참새 떼의 놀이터가 되어준다. 윤슬은 찰랑이며 묵은 때를 씻어 내리고 도회의 탱탱한 근육을 풀어주기도 한다.

벚꽃 가지 사이로 가로등 불빛을 받으며 팔공산까지 드라이브를 즐기다 보면 무디어진 감성이 음표처럼 돋아난다. 한껏 기분에 취해 속도를 내다가도 간간이 신호등을 만나면 풀어진 마음을 붙잡아 주기도 한다. 자칫 속도를 넘다 보면 불철주야 눈을 부릅뜨고 지키는 속도제한 카메라에 찍히고 말기 때문이다.

빨간색 신호등을 보며 액셀레이터에서 브레이크로 급히 발을 옮겨 멈추어 선다. 몇 년 전까지만 해도 주황색 신호등이 보일 때도 황급히 지나가곤 하였다. 핸들에 온 힘을 주고 거침없이 앞만 보고 달리는 질주 본능일지도 모를 일이다. 그

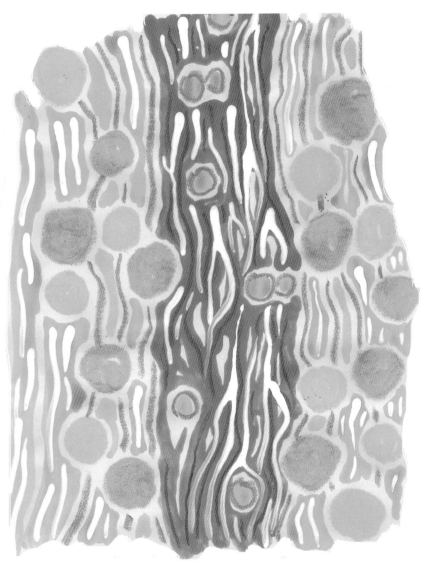

렇게 달려온 삶을 반추하며 실없는 웃음을 짓는다.

누군들 거침없는 한때가 없었겠는가. 진정한 능력자는 지나칠 때 멈출 수 있는 여유와 무엇이든지 밀어붙이는 마음을 이길 수 있는 여백이 있어야 할 것이다.

면허증이 있다고 무사고로 완벽한 사람은 거의 없다. 인생의 삶 역시 습관과 교육 속에서 스스로 터득한다지만 성취와 실수의 연속이 아니던가.

L 대통령이 신천을 벤치마킹하여 덮어둔 청계천을 복원하였다. 도심 한가운데 맑은 물이 흐르고 숲이 우거진 자연과 함께하는 서울 시민의 휴식처를 만들었다.

물길 따라 바람 따라 자연생태를 잘 갖춘 신천에는 수달과 물고기 떼, 강기슭에 우거진 갈대숲에 오리가 알을 낳고 황조롱이와 왜가리가 한가로이 노닌다. 어쩌다 운이 좋은 날은 수달의 힘찬 놀음을 보기도 한다. 수달은 천연기념물 제330호로 지정된 환경부 지정 멸종위기 야생동물로 지정되어 있으며 우리나라 하천에서는 유일하게 신천에서 서식한다. 이 또한 대구 시민이 누리는 복인가 싶다. 이렇듯 신천은 엉킨 마음을 풀어주고 때로는 치솟는 욕망을 평온한 물길 따라 흘려보내주기도 한다.

앞다투어 꽃봉오리를 터트리는 동로의 꽃에도 제동이 걸렸다. 일찍 핀 꽃잎이 빨리 떨어질까 봐 꽃샘추위가 온 것이다. 추위에 잠시 움츠렸다가 따스한 햇살에 다시 피라는 자연의 이치처럼 앙다문 입으로 때를 기다리고 있다.

봄이 오는 신천의 동로를 드라이브하면서 닫히고 구겨진 마음을 활짝 열어 주는 여유와 여백을 배운다.

캡슐 안에서의 삽화

두 여자와 나는 가끔씩 눈이 마주쳤다. 검색대를 통과하기 위해 구불구불한 긴 행렬의 대열에서 함께한 만남은 작은 인연이 아닐 것이다.

아들을 만나기 위해 비행기에 몸을 실었다. 공부하러 미국에 간 아들에게 졸업을 할 때까지 한 번도 가보지 못했다. 시카고 공항에서 아들을 만나 위스콘신주에 있는 메디슨대학의 교정과 강의실, 현재 연수 중인 인디애나대학을 둘러볼 요량이다. 그리고 아들이 거주하고 있는 집에 며칠 묵으며 관광을 하고 아들과 함께 귀국하기로 하였다.

예약된 좌석은 창가여서 비행기의 날개가 보인다. 무겁게 문이 닫히는 순간 갇혀진 우주 하나가 탄생되었다.

옆자리에는 중국인 주부가 있었고, 그의 옆엔 필리핀 고등학교의 영어교사가 앉았다. 운 좋게 나와 비슷한 또래의 여자 셋이 자리했다. 운이 좋다는 것은 혹시 옆자리에 정서가 완전히 다른 사람이 앉게 될까 봐 걱정되었기 때문이다. 짧은 영어 단어를 주워 모아 서툰 인사말과 소개를 했더니 알아들었다는 듯이 연신 'OK'라고 한다. 내가 이 여자들과 가까워져야 하는 또 다른 이유도 있다. 많은 생각을 하지 않고 사는 편이지만 이런 날은 신경이 자꾸 쓰인다. 중국에는 업무상 10여 년을 혼자도 다녔지만 이번에는 상황이 많이 달라진 것이다. 큰소리쳤지만 미국이라는 나라에 혼자 가야 하기에 내심 불안한 마음이었기 때문이다. 신세대들은 핸드폰이 해결해 주지만, 우리 세대가 사는 방식은 가까이 있는 사람에게 묻는 데 익숙하기에 옆자리에 신경이 쓰일 수밖에.

좁은 좌석에 앉아서 14시간 동안 부딪쳐야 할 인연이다. 만약 육중하고 터프한 남자가 옆자리에 앉으면 양해를 구하여 좌석을 바꿀 생각도 해 보았다. 입국심사 용지를 작성할 때도 참고가 될 수 있기 때문이다. 아들이 음식물을 가져오지 말라고 거듭 당부하였지만 참기름이며 김치, 집간장 등 토속적인 것에 집착하여 꼭꼭 묶어 넣은 것도 걱정이다.

부푼 간덩이가 슬슬 작아진다. 공항에서 아들이 기다린다지만 부쩍 까다로워진 입국심사를 잘 통과하기까지 불안한 마음이다. 이 어색한 부분을 그네들과 함께할 수 있을까 하는 기대도 한몫을 한다.

굉음을 내며 힘차게 날아오르는 비행기 아래로 다듬어진 도시의 빌딩, 굽이치는 강, 호수가 차츰 작아진다. 거대한 산맥을 지나 동해 바다로 오르니 망망대해다. 웅장한 날개는 열렸다 닫혔다 기류를 조정하며 최고의 힘을 쏟아붓는다. 인간세계를 벗어나 달관한 선인의 세계에 오른 듯 구름 위로 유유히 떠올랐다. 마치 해산의 고통 뒤에 아이를 품은 엄마처럼 평온한 모습이다. 목화솜 같은 구름이 벗겨지자 설원이 끝없이 펼쳐진다. 그 세계는 너무나 청정하여 눈이 부실 지경이다.

식사 시간인가 보다. 승무원이 친절하게 도와준다. 나는 닭요리를 신청하고 와인도 한 잔 청했다. 지루한 시간을 단념하자 오히려 평온한 마음이 된다. 일상의 모든 것을 덮어두고 눈을 감았다. 눈을 뜨고 보니 5시간쯤 지났을까. 눈부시던 햇빛이 사라지고 짙은 오렌지색의 그러데이션 노을이 펼쳐져 있다.

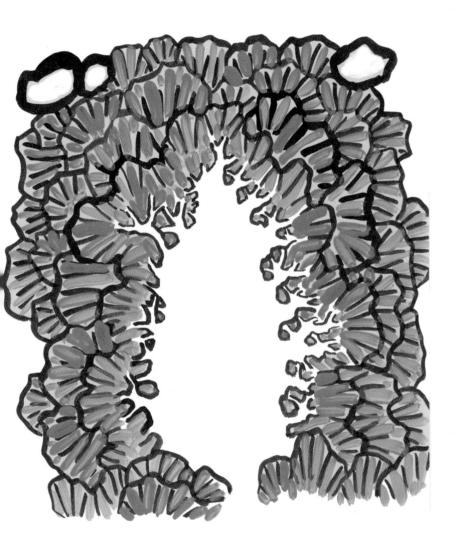

아름다움은 잠시, 금방 깜깜해 아무것도 보이지 않는다. 어둠은 캡슐을 조이는 듯 숨이 막히지만 이 또한 지나가리라. 5월의 밤하늘은 쪽빛에 별빛이 총총하지만 이 세계는 온통 암흑이다. 죽음의 공간에 떠 있는 금속 덩어리 캡슐 안에만 공기가 존재하는 것 같다.

삼 년의 짧은 기간에 수없이 많은 발자국을 찍어댄 교정과 강의실에서 교수들과 학문을 논하는 아들의 모습이 그려졌다. 특히 태어난 지 열 달된 손자를 처음 만난다는 설렘으로 다시 잠이 들었다. 얼마 후 꿈결같이 어린아이의 칭얼거리는 소리에 눈을 떴다. 흐트러진 나의 모습과 앞뒤 좌우 군상의 모습은 형형색색 설악산의 만물상같이 장관이다.

기지개를 켜고 눈을 비비며 복도에 나와 스트레칭으로 몸을 풀고 옷차림과 머리 매무새를 대충 추스렸다. 이어폰으로 클래식을 감상하다 창문을 올리니 둥글게 흰빛이 보인다. 아! 여명이다. 빛은 무를 유로 바꾸어 형상을 만들어 낸다. 지금 이 순간 살아 움직이는 내가 얼마나 행복한지도 새삼 느끼게 한다.

석양의 빛이 짙은 오렌지색이라면 새벽의 빛은 아주 밝고 맑은 핑크색이다. 이 아름다운 색을 탁본하여 유월의 담장 너머 고개를 내민 능소화로 그려보리라. 블랙커피 한 잔을 받아 놓고 창밖을 살핀다. 내 마음도 하늘빛만큼 푸르러졌다.

아침! 희망이다. 여자 승무원보다 더 민첩한 남자 승무원께 말을 붙여본다. "도착이 몇 시예요?" 아직 3시간이나 남았단다.

승객들이 모두 깨어나 기지개를 켜자 옆자리의 두 여자도 몸가짐을 다듬는다. 한참 후 비행기의 날개는 힘을 빼고 저울의 추가 무게를 추스르듯 기울이기를 반복하더니 육중한 금속 통은 자세를 낮추고 또 낮추었다. 꽉 찬 선비같이 낮은 자세로 꽃잎에 나비 앉듯, 새색시의 버선발을 살포시 내밀어 딛는다. 순간 굉음이 질주한다. 아! 나는 살았다. 뉴턴의 만유인력의 법칙은 위대하다. 인종이 다른 시카고 공항이다.

케치칸의 연어

지난봄 알래스카 크루즈 여행을 다녀왔다. 열 시간의 비행 끝에 시애틀에 도착해, 다음 날 오전 크루즈에 승선하였다. 온갖 편의 시설을 다 갖춘 실내는 한 도시에 들어선 듯하였다. 거대한 배는 망망대해를 거침없이 전진했고 사방이 확 트인 바다 풍경은 봐도 봐도 끝이 보이지 않는다.

들뜬 우리 일행은 갑판으로 나왔다. 추운 것도 잊고 휴대전화기로 영상을 남기기에 여념이 없었다. 진눈깨비와 휘모는 바람, 뱃전을 때리는 파도까지 크루즈 여행에 목마르던 갈증을 죄다 풀어 주었다. 발목 잡던 일상의 일들을 뿌리치고 떠나오길 참 잘한 것 같았다. 함께한 일행들도 가족끼리 친숙한 사이라 허물이 없었다.

태고의 빙산이 가끔씩 쩡, 쨍 하는 소리의 울림은 고대 큰 짐승의 울부짖는 소리 같았다. 몇몇 도시를 거친 항해 끝에 드디어 연어들의 고향, 케치칸ketchikan에 닿았다. 고향은 그리움을 다 긁어모으려는 걸까. 흐르는 물은 군데군데 크고 작은 소를 낳고, 억겁의 세월은 바위나 작은 돌까지 둥글둥글하게 만들었다.

햇빛에 반짝이는 바위의 연둣빛 이끼는 벨벳을 휘감은 듯 포근하였다. 한 잎, 두 잎 계곡으로 떨어진 낙엽은 물속에서 삭혀져 차를 우린 듯 노르스름해졌다. 만삭의 딸이 해산을 위해 친정을 찾듯, 연어 떼는 한 생의 여행을 마치고 모천인 이 계곡을 힘차게 올랐을 것이다.

삼 년 전, 그곳에서 태어난 작은 연어들은 일 년쯤 얕은 곳에서 몸집을 키워 변화를 수용하고 적응하는 것을 익힌다. 그 과정이 익숙해지면 준엄한 자연의 순리에 따라 더 큰 삶을 위해 먼 바다로 떠난다. 바다로 향하는 물길은 예사로울 수만은 없다. 더러는 큰 고기의 밥이 되기도 하고, 바다 한가운데서 길을 잃어 기진맥진도 할 것이며, 인정사정없는 약육강식의 세계에서 적을 만나 싸우기도 해야 할 것이다.

전시장에서 보여주는 녀석의 영상에 눈을 뗄 수가 없었다.

연어 떼가 모천인 케치칸의 물살을 거슬러 오르는 모습은 장관이었다. 강물 따라 유유히 흐르다가 소용돌이치는 소에서는 춤을 추고, 바위를 만나면 새처럼 날아올랐다. 안타깝게도 마지막 관문에서 나가떨어지는 녀석도 더러 있었다. 벼랑에 머리를 처박는 서툰 비상이 주검으로 내몬 것이었다. 긴긴 사투 끝에 도달한 케치칸 계곡은 연어의 탄생과 죽음이 공존하는 곳이었다. 긴 여행을 하고 고향으로 돌아오는 본능의 모천회귀母川回歸는 연어의 숙명이다.

길눈이 어두운 나는 늦게 선택한 수필의 바다에서 아직도 헤매고 있다. 처음부터 국문학을 전공한 것도 아니고, 글재주가 있어 뛰어든 것도 아니다. 그래도 마음을 기울인 게 있다면 이십여 년 전, 낙서하듯 써 놓은 〈어머니 사랑〉이란 글에 남편이 곡을 붙여 가곡으로 완성시켰다. 쑥스럽기도 했지만 그런 남편이 자랑스러웠다. 그 노래는 그해의 KBS방송 10대 가곡에 선정되는 영광을 안았다. 남편이 준 사랑의 힘은 문학을 향한 씨앗이 되어 내 가슴 한곳에 싹을 틔우기 시작했다.

하지만 막상 실전에 부딪쳐 보니 글을 쓴다는 것은 그리 만만한 게 아니었다. 글을 쓰려 하면 생각은 모두 달아나고 머릿속은 텅 빈 자루처럼 바다에 빠져 허우적거리기 일쑤였

다. 바쁘게 살았다는 것은 변명일지도 모른다. 갑작스러운 남편의 죽음은 내 모든 용기와 희망을 내려놓게 했다.

모든 일은 기회가 주어질 때 잡으라고 했듯이 뒤늦게 빠진 글 바다는 내게 새로운 도전이 되었다. 책을 읽고, 글을 쓸수록 작가정신이 부족하다는 것을 깨닫지만 뗄 수 없는 흥미로운 일이기도 했다.

유연하게 태평양으로 나아가는 연어와는 달리 나의 글쓰기는 시작부터 너무나 서툴렀다. 연어는 삶의 숙명을 지키기에 의지가 강인했지만, 내가 선택한 글 바다에는 생각보다 거친 파도가 일었다.

케치칸에서 돌아오는 밤 배에서는 도저히 잠을 이룰 수가 없었다. 답답해진 마음을 달래려 살며시 방을 나와 갑판으로 나갔다. 사람들은 여유롭게 선상의 밤을 즐기고 있었다. 배는 내 마음을 아는지 모르는지 물거품을 만들며 앞으로만 내달렸다. 안개 사이로 하늘에 걸린 조각달이 내 가슴을 파고들었다.

연어는 뛰어난 기억만으로 제 고향을 찾아가지만, 사람의 직관과 창의력은 시공을 초월하는 능력을 지녔다. 여태까지는 생각만으로 글을 좋아하였다면 이제부터는 따스한 가슴으로 다가가리라.

연어가 바다를 멋지게 헤엄치듯, 나도 온몸으로 글 바다에서 반짝이는 은유를 찾아 멋진 글을 쓰고 싶다.

알래스카의 5월, 밤바다는 무척 추웠으나 가슴에는 뜨거운 의욕이 솟구친다.

하심下心

　　하늘을 날고 있는 홀가분한 일탈에 마음은 또 청춘이 되었다. 여행은 언제나 즐거운 것, 일행들도 들뜨기는 마찬가지이다. 나 역시 가벼운 옷차림에 모자와 멋진 선글라스로 여행패션을 갖추었다. 들뜬 내 마음은 비행기보다 더 높이 날고 있었다.

　　〈수필과지성〉 문우들과 함께하는 문학기행으로 중국의 청도에 갔다. 몇 년 전에 이미 가본 곳이었지만 "여행은 누구와 함께 가느냐가 중요하다."는 한 문우의 말에 마음이 흔들렸다. 그간 정이 든 문우들과 추억을 만들고 싶어서 흔쾌히 나섰다.

　　대구와 자매도시인 청도는 우리나라 사람들이 비교적 많

이 살고 있다. 그래서인지 첫 식사부터 향과 맛도 순하여 낯설지가 않았다.

다음 날 태산에 가기 위하여 무려 5시간을 버스로 이동했다. 산이라고는 찾아볼 수 없는 드넓은 평야는 온통 옥수수밭이었다. 가는 길에 강태공 사당과 고차 박물관을 둘러보았다. 중국의 마차는 넓은 대륙의 광야를 누비기 위해 바퀴도 몸체도 컸다. 아기자기하고 색 고운 우리네 정서와는 많이 달랐다.

다음 날 양사언 시인의 '하늘 아래 뫼'라는 태산에 오르는 날이다. 웅장한 경관을 본다는 기대는 태산만큼 큰 설렘으로 다가왔다. 버스에서 내려 조금 걸어가니 케이블카가 입을 벌리고 우리들을 기다리고 있었다. 철컥 문이 닫히는 순간 불안한 마음이 생길 틈도 없이 케이블카는 출발했다. 계곡을 뒤로하고 줄 하나에 매달린 금속 통은 쭉쭉 올라갔다. 무게가 힘겨운지 철거덕 멈추며 호흡을 고를 때는 간이 콩알만 해지기도 하였다.

운무에 싸인 청정 원시림은 햇살을 받아 반짝였고, 협곡의 속살을 감춘 듯 신비와 영험이 그대로 느껴졌다. 정상의 정거장에 가까워지면서 시공은 멈춘 듯 고요해지고 거대한 공간에 큰 공명이 울리는 듯 잠시 멍멍해졌다.

신의 경지에 들어선다는 천가부터는 계단을 걸어 올라야 했다. 중국의 고대 제왕들이 태평성대를 위해 재를 올렸다는 영산답게 화려하고 웅장한 건물이 눈길을 사로잡았다. 정상인 옥황전에 이르렀다. 발아래로는 운무가 바다처럼 깔려있었고 하늘과 건물은 붙은 것처럼 가깝게 보였다. 이토록 높은 곳에 웅장한 건물을 지은 인간의 위력을 보면 역시 만물의 영장이라 할 만하다. 석공과 인부는 위신력을 믿으며 죽음도 두려워하지 않았을 것이다. 모두가 찬탄을 연발하며 깊은 눈도장과 사진 찍기에 여념이 없었다.

하산하는 케이블카 정거장 입구의 선물가게는 관광객의 주머니를 유혹하고 있었다. 영산인 태산에서 선물을 구입하면 받은 이가 오래오래 건강해진다고 조선족이 유창한 우리말로 꼬드겼다. 병마로 고생하는 구순의 엄마가 뇌리를 스쳤다. 〈태산석〉이라 쓰인 돌에 풍경이 달려 있는 것을 골랐다. 앞서간 일행은 산 아래에도 선물가게가 있다며 빨리 오라고 성화였지만 영험한 이곳에서 사기를 잘 했다며, 건강해질 엄마를 생각하니 절로 기분이 좋아졌다.

케이블카에 다시 오르니 큰 행사를 하나 치른 것같이 평온

해졌다. 앞자리에 앉은 일행은 선글라스를 낀 멋진 폼으로 계곡을 내려다보고 있었다. 아차! 순간 내 머릿속을 번갯불이 스치고 지나갔다. 물건을 고르느라 선글라스를 벗어 두었는데 챙기지 못한 것이다. 거대한 태산의 영험은 간데없고 선글라스만 눈앞에 어른거렸다. 태양은 더 강렬해진 것 같았고, 아끼던 사람을 놓쳐버린 것 같은 공허함으로 머릿속은 하얗게 되어 버렸다. 몇 년 전 국제 봉사단체인 로터리 국제대회가 열린 시드니에서 기념으로 구입한 애장품이었기에 아쉬움이 더 컸다.

곡부로 이동하는 버스에서 폰에 담긴 태산에서의 행적을 보며 곰곰이 생각해 보았다. 태산의 여신 벽화원군을 모시는 사당, 벽화사를 보며 마음을 달래었다. 공자가 평생 두 번이나 재를 올렸다는 영험 때문인지 현지인도 긴 향을 한 움큼씩 쥐고 사르며 절하기에, 나도 그렇게 하고 싶었다. 현지 관리인에게 향을 가리키며 서툰 언어와 손짓으로 말하는 내가 애처로웠는지 향 몇 개를 주며 친절하게 가르쳐 주었다. 나름대로 간곡히 염원을 하고 돌아서 나오는 길에 한 문우가 여기는 돈을 주고 기도하는 곳이라고 귀띔해주는 것이 아닌가.

'진정한 기도는 욕망의 불덩어리를 내려놓는 것이다. 그러면 불상 앞에서 무릎 아프게 절을 할 필요가 없다.'던 법륜 스님의 글을 떠올렸다. 평소에도 그분의 책 읽기를 좋아하고 유튜브에서 〈즉문즉설〉을 가끔씩 듣기도 하였다. 가끔 생각이 필요할 때나 머리가 무거울 때 많은 생각과 영감을 얻곤 했다.

순간의 유혹에 빠진 내 얇은 귀의 팔랑거림도 여행 중 설렘의 일부라 여겼다. 어둠을 걷어내듯 마음속 먼지를 털어 내며 창에 비친 나를 본다. 나는 얼마만큼 베풀며 살았는가 반문하며 빙그레 웃음을 흘려보냈다. 지극정성 올린 내 염원이 이루어지기를 바라며 합장한 내 손끝에서, 부처님은 '이 또한 욕심'이라며 하심하라 이르신다.

신둔사의 겨울밤

　동화사 종정 예하 신년 하례식에 참석하기 위해 아침 일찍 집을 나섰다.

　본사와 말사를 지키는 대덕 큰스님이 모인 만큼 팔공산의 위용은 그 어느 날보다 묵직하다. 몇 년 전부터 도반과 인연이 되어 법회에 가끔 참석했다. 신도들이 법당 가득 모여 스님의 법문과 덕담을 경청한다. 특히 정초에 사찰을 찾았기 때문인지 보살의 마음으로 돌아가 바쁜 마음과 상념들을 내려놓는다.

　법회를 마치고 점심 공양 후, 아담한 절에 들러 하루를 마감할 요량으로 청도 신둔사로 향한다. 새로 부임하신 정각 주지스님을 찾아뵙고 정초인사를 드리기 위해서다. 정각스님의 지인 스님 한 분과 우리 도반 일행은 승용차 두 대로 나누어 타고 출발한다. 어영부영하다 보니 금방 어둠이 깔리고 자동차는 청도 좁은 산길로 들었다. 칠흑 같은 어둠이 깔린 숲은 무섭도록 적막하다. 한 줄기 자동차 불빛이 더없이 밝아 보인다. 어두울수록 빛이 밝아지듯 우리네 삶도 큰 고통을 겪고 나면 더 많은 것을 깨닫게 되리라.

자동차 불빛을 보았는지 개 짖는 소리가 들린다. 주인의 반가운 인사 소리에 불청객이 아닌 줄 알아차렸는지 하얀 진돗개는 금방 꼬리를 살랑대며 반갑게 맞는다.

늘 그랬듯 사찰에 들어서면 평정심이 생겨서일까, 마음이 차분히 가라앉아 편안하다. 아담한 대웅전을 가운데 두고 오른쪽으로 법당의 불빛에 비친 큰 종이 보이고, 왼쪽으로는 스님이 거처하는 차실이 있다. 엊그제 이곳의 종각에도 지난해와 새해가 교차하는 제야의 종이 울리며 역사의 한 장을 넘겼을 것이다.

창호지를 바른 문살에 비친 법당의 불빛이 엄마의 방같이 따스해 보인다. 삐걱하는 둔탁한 법당문은 방 안과 밖의 경계일 뿐 벌어진 문틈으로 찬바람은 제멋대로 들락거린다. 싸늘한 법당에 따스한 훈기라고는 지그시 내려 보는 부처님의 자비로운 눈길과 온화한 미소뿐이다.

　손님을 맞는 차방은 불을 지폈는지 바닥이 따스하고 훈훈
하다. 전기 포트에는 물이 끓고 차를 우리는 주지스님의 재빠
른 손동작이 예사롭지가 않다. 깡마른 체구에 눈매는 날카롭
지만 인자함이 흐르고 혜안은 거울처럼 맑다.

　우려진 차를 따르니 온 방 가득 차향이 은은하게 퍼진다.
스님을 중심으로 둘러앉아 이야기꽃을 피우다 보니 한 해의
기운을 모두 받은 듯 술시를 넘겨 밖으로 나왔다.

　초승달은 멀리 하늘의 조각처럼 예리하다. 맑다 못해 파란
별빛은 아련한 그리움으로 채운다. 열흘 전에 막재를 마치고
연기처럼 하늘로 올라가신 엄마는 어떤 별이 되어 있을까.

　산이 병풍을 두른 듯 감싸 안고 있는 사찰의 풍광이 아늑한
품속 같다. 대나무 잎새를 흔들어대는 마른바람 소리, 속을
비운 목어의 묵언, 지혜를 일깨우는 풍경 소리가 시공의 일각
도 멈추지 않고 삼라만상을 향해 청정심을 전한다.

　오늘 진재 종정 예하님의 하례식 법어 중에서,

　"본래 시간이 없고 생사가 없건만 우리의 분별로 시간이
흐르고 흘러 생로병사가 생겨 윤회의 고통에서 벗어나지
못한다."

"개인이 시간을 부리는 자유인으로 살아가면 각자의 분상에서 자신의 일에 성실하고 타인을 배려하고 소외된 이웃과 더불어 나누면서 함께할 때 상생극락이라."
하신 말씀을 되뇌며 새해 화두로 삼는다.

사람들 속에 부딪치며 살다 보면 해와 달이 수없이 바뀌는 인생의 길은 희로애락의 연속이다. 관습과 제도 속에서 인간의 도리를 다하며 배우고 느낀 깨달음도 스치는 바람 속에 다시 무디어진다. 경전을 읽고 선지식을 통해 부처님을 만나면서 믿음을 굳힌다. 그래서 부식되는 마음이 치유되고 봄을 맞는 새싹처럼 새로운 마음가짐이 생성되나 싶다. 한갓 들풀과 미물에게도 말을 걸어 볼 때 나 자신의 존재가 비로소 보이게 됨을 느낀다.

나이테가 촘촘해질수록 하루하루가 소중한 마음이 든다. 새로운 한 해를 맞는 산사에서의 하루는 그간의 조급한 것들을 내려놓고, 살아있는 오늘의 삶에 감사한 마음을 담는다.

마음의 풍경

　밤새 내린 함박눈이 세상을 덮고 있다. 햇볕에 펼쳐진 눈밭은 눈이 시리도록 새하얗다. 부지런한 사람의 발자국이 선명하게 찍혀 있는 모습을 보니 나도 눈밭으로 나가고 싶다. 쌩바람이 지나가자 소나무 가지에서 후루룩 눈이 떨어진다. 대구에서 산 지 오래지만, 오늘처럼 많은 눈이 내린 걸 본 지가 언제였던가.

　낯익은 동네의 풍경이 낯선 겨울 나라에 온 것 같은 느낌이 든다. 순백으로 쌓인 눈에 사춘기소녀처럼 가슴이 뛴다. 봄 잔치가 꽃이라면 겨울의 정취는 역시 눈이 아닐까 싶다. 나 혼자 보는 게 아까워 지인에게 문자라도 보낼까 핸드폰을 여니 벌써 눈 쌓인 풍경을 내게 보냈다. 반가운 손님을 맞듯 얼른 화답을 했다. 희열과 감각이 넘쳐나는 흰빛을 찬탄하며, 김이 모락모락 피어오르는 찻잔의 이모티콘도 함께 실어 보냈다.

빗소리를 가끔 들을 수는 있지만, 겨울밤에 눈 오는 소리는 거의 들을 수가 없다. 찬바람이 들어올세라 창문을 꼭꼭 여민 탓이다. 눈 없는 겨울은 상상만 해도 을씨년스럽다. 하얀 눈이 회색 도시로 소리 없이 내린다. 눈 내리는 풍경을 보고 있으면 지나온 추억의 토막들이 오래된 흑백필름처럼 아스라이 스쳐 지나간다.

사부작사부작 내린 눈들이 대지의 잡다한 쓰레기들까지 하얗게 덮고 있다. 이런 날은 특별한 이유 없이도 그냥 걷고 싶어진다. 마음 맞는 사람이라면 끈끈한 정도 데려올 것이다. 은은한 음악이 흐르는 찻집에서 따뜻한 차 한 잔을 마셔가며 가장 낮은 목소리로 소곤소곤 이야기를 나누다 보면 뒤틀리고 가슴에 긁힌 상처도, 옹이진 마음도 다 풀릴 것이다.

창문을 열고 쏟아지는 눈을 하염없이 바라본다. 눈이 녹아 사라지기 전 겨울의 진풍경을 몸으로, 눈으로, 가슴으로 느끼고 싶은 충동이 인다. 순결한 은빛 축제를 즐기러 밖으로 나갈 채비를 서두른다. 차도는 벌서 차바퀴의 열기로 질펀하다. 인도의 소복한 눈길에도 상처의 무늬처럼 몇 개의 발자국이

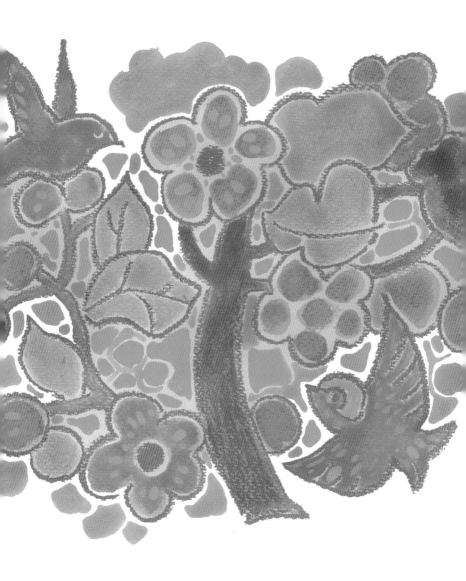

찍혀있다.

풍경風景은 혼자서 만들 수가 없다. 신천의 물소리도, 물 언저리도 꽁꽁 얼어버린 채, 눈에 덮여 있다. 잎을 다 떨구어낸 나뭇가지에도, 서걱이는 갈대머리에도, 누렇게 마른 잔디에도 천지가 눈으로 덮여있다. 한 폭의 풍경화 같은 신천과 회색 빌딩이 잘 어우러진 도시는 평화롭기 그지없다.

십여 년 전 캐나다 여행을 하며 로키의 대평원을 이루는 설원을 보았다. 재스퍼국립공원을 지나 빙하가 녹아내려 넓고 깊은 에메랄드빛 루이스 호수를 보며 그 뒤를 둘러싼 거대한 설산은 겨울왕국에 빠져들게 하였다. 높은 산길을 버스로 오르며 쭉 뻗은 나무와 크고 작은 호수를 지나 노루와 반달곰이 하나가 되는 자연의 원시림이 질펀하게 펼쳐져 있던 그곳이 생각난다.

사람의 욕망은 산 정상을 향해 올라가듯 더 높이 오르려고만 한다. 하지만 산꼭대기에 이르면 내리막뿐이다. 태양이 바로 머리 위인 듯 빙산과 설원에서도 오히려 옷을 벗을 지경이다. 눈이 부셔서 검은 선글라스를 끼지 않고는 눈을 뜰 수가 없다. 순백의 눈부심처럼 찬란한 삶도 때로는 그늘도, 바람도 있어야 한다는 걸 깨닫는다. 바람과 눈이 쌓여 만들어진 설원에도 숨구멍이 있다. 땅 속의 심장에서 내뿜는 뜨거운 물이 퐁퐁 솟는 것이다. 살아 숨 쉬는 모든 동물의 작은 심장이 뛰어 온몸에 피를 돌리듯, 눈 덮인 평원에도 호흡을 하고 상생의 관계를 유지하며 서로를 보호하고 생명을 지켜 가는 것이다.

자연을 보면 내 삶의 부끄러운 치부가 드러난다. 이해 타산적이고, 고집 부리고, 사소한 일에도 불쑥거리는 나를 보면 관용의 저장고가 비어 있음을 느낀다. 작은 입술에서 뿜어내는 물 한 모금을 받아 목을 적시니 내 부질없는 삶도 빙산의 일각이라며 자위하듯 나 스스로를 추스른다.

해바라기 피고 지다

  K의 연락이 끊긴 후 우연히 그의 오빠를 만났다. 반가움도 컸지만 그보다도 K가 더 궁금했다. 일가가 운영하는 병원에 있다며 그녀가 위중한 병을 앓고 있다고 했다. 그동안 궁금하였지만 가정살림과 직장생활, 만학으로 그저 바쁜 일상인 줄만 알고 좀 한가한 방학이 되면 만나겠지 생각하였다. 그런 K가 남편으로 인한 마음의 고통과 몸에 병이 생긴 줄도 모르고 있었다.

  미안한 생각에 K가 좋아할 만한 반찬 몇 가지를 만들어 병실에 갔다. 우리 가게 벽에 걸린 노란 해바라기 꽃이 벙실벙실 웃으며 반기는 것 같아 좋다며 복스럽고 환하게 웃는 모습은 어디로 가 버렸을까. 아직 젊은 몰골이 비 맞은 해바라기 모습이었다.

"그날 언니가 보내준 반찬으로 밥을 먹었어요."라며 아들 편으로 반찬통을 보냈다.

"언니는 나의 멘토였어요. 그동안 너무 고마웠고, 따스한 인연 잘 간직할게요."라는 전화 음성 후 병원을 옮긴다며 소식이 단절된 보름 후에 그녀의 부고를 받았다.

고향 후배이자 성이 같아 일가인 K를 깊이 알고 지낸 지는 5년 전쯤 되었다. 그동안 견고한 우정을 탑같이 쌓으며 허물없이 지내온 사이다. 활짝 핀 장미같이 활달한 성격에 맑은 눈빛을 가지고 있어 그런 고뇌가 감춰진 줄은 몰랐다. 특히 어릴 때 K 또래의 여동생을 잃은 아픔이 있는 나는 언니라며 따르는 K 동생이 무척 사랑스러웠다.

유난히 한국적인 한복 원단을 좋아하였다. 그래서 깨끼바느질로 모습에 맞게 제작해준 원피스를 세상에서 제일 예쁜 옷이라며 닳아 해어질 때까지 즐겨 입었다.

퇴직을 몇 년 앞둔 늦은 50대 후반에 못다 한 대학과 대학원을 다니면서 교단에 서고 싶은 것이 꿈이었던 동생은 몇 년 동안 의욕에 차 있었다. 한동안 발길이 뜸해졌다. 궁금하여

전화를 하면 바쁜 것 좀 해놓고 언니 보러 간다며 여전히 명랑한 목소리여서 그러려니 하였다.

한참 만에 다소 핼쑥한 모습으로 찾아와서 저녁을 함께 먹고 이상한 낌새에 다그치니 한 달 전에 서울병원에서 뇌 검사를 받았다는 것이다. 종양 제거를 했다며 천연덕스럽게 "이젠 괜찮다."고 하며 평소처럼 편하게 웃었지만 어두운 그림자는 여간 불안하지가 않았다.

그녀를 짓누르는 도덕적인 관념을 조금만 각도를 바꾸어도 운명이 달라졌을지도 모른다. 뒤늦게 알고 나니 가슴이 미어질 듯 아파 온다. 남편의 알코올 중독으로 시달린 암울한 가정사의 속내를 진작 토했더라면 뇌종양이 생기지 않았을까. 아무리 복종하여도 물과 기름이 합하여지지 않는 깊은 골이 파인 연유는 알 수 없지만 심신이 겪어야 하는 고통은 죽을 만큼 컸다. 티 없이 밝기만 하니 어두운 그림자를 뉘라서 알 수 있었겠는가.

모든 것이 잘 되려는 생각과는 달리 되는 것이 없는 머피의 법칙Murphy's Law처럼 세상사 내 마음대로 모두 잘 될 수만 있으랴만.

K 동생의 해는 무엇이었을까. 가난과 배움의 목마름으로

못다한 만학을 선택한 해였을까. 남편과의 화목하지 못한 현실을 탈피하고 싶은 해였을까. 만학은 몸도 마음도 가족의 이해 속에서 다소는 평온한 상태에서 가능할 것이다. 만신창이가 된 모든 것이 머리를 뒤흔들고 고뇌로 꽉 찬 뇌가 화가 난 것일까. 두 가지 해를 바라보는 해바라기 꽃은 너무 힘에 겨웠다. 좀 더 일찍 파고들어 볼 것을 뒤늦게 알게 된 K의 삶은 안타까울 뿐이다. 벼랑 끝에 홀로 서 있을 때, 실타래같이 엉킨 가슴일 때. 누군가에게 훌훌 털어 놓았더라면, 고통이 좀 줄어들었을 것을, 지친 해바라기 별밤에 고이 꽃잎을 접었다.

현신불現身佛을 마주하는 삶과 문학
─ 곽명옥 수필집 『그 초록을 다시 만나고 싶다』에 부쳐

현신불現身佛을 마주하는 삶과 문학
— 곽명옥 수필집『그 초록을 다시 만나고 싶다』에 부쳐

장 호 병
(사)한국수필가협회 이사장

25년여 문학동지인 수필가이자 시인인 곽명옥 님이 수필집『그 초록을 다시 만나고 싶다』를 상재한다. 필자의 일처럼 기쁘다. 축하드린다.

필자는 1996년 대구에서는 처음으로 시낭송회를 도입하였다. 여영택 시인을 초대 회장으로, 매월 첫째 토요일에 열리는 시낭송회는 매우 신선한, 당시로서는 충격적인 문화행사였다. 1년 반 뒤 창간한 월간《시사랑》은 와이셔츠 호주머니에 쏘옥 들어가는 앙증맞은 크기로 어느새 요조숙녀들의 핸드백에 자리 잡기 시작했다. 이렇게 시사랑 운동은 전국에 들불처럼 번져 시사랑이라는 단체가 우후죽순 생겨났다.

이 운동에 헌신하고 열정을 쏟은 많은 분들의 노력 덕분이었다. 문학과 음악에 조예가 깊었던 김하조 선생이 한때 회장을 맡았고, 이어 그 부인인 곽 여사가 시사랑 회장을 맡아 헌신한 공을 잊을 수 없다.

100회 시낭송회를 끝으로 행사는 접었지만 문학과 예술 분야에 타고난 곽 작가의 소질이 꿈틀거렸다. 귀명창이라는 말이 있듯이, 10여 년 시사랑 활동을 통해 잠재했던 문학적 소질을 세상에 드러낸 그의 노력에 경하의 박수를 보낸다.

수필가로 문단에 데뷔한 그는 시인으로 또 최근에는 동시인으로 활동영역을 넓히면서 통섭의 시대에 장르를 넘나들면서 문학적 시너지를 발휘하고 있다. 스펙트럼이 매우 광범위한 문재文才를 타고난 작가라 하겠다.

이 수필집을 읽으면서 필자는 깔끔한 다큐멘터리 영화 한 편을 보는 기분을 느꼈다. 시적 은유와 삶을 관조하는 정갈한 필치로 빚어낸 문장을 대하면서 독자들은 뷔퐁이 말한 '글이 곧 그 사람'이란 말에 새삼 맞장구를 치게 될 것이다.

훌륭한 수필은 좋은 삶으로부터 나온다는 평소의 지론을 확인하면서 작가의 삶과 문학을 살펴보기로 한다.

■ 로그인

수필은 관계와 조율의 문학이라 할 수 있다. 살아가면서 가장 먼저 맺는, 밀접한 관계는 부모와 자식의 관계일 것이다. 누군가의 자식으로 태어나 누군가의 부모가 된다. 효가 단순히 부모를 봉양하는 구시대의 가치를 말하는 것은 아니다. 섬김 못지않게 후세를 양육하는 일도 포함한다. 이 양자는 살핌을 전제로 한다. 그래서 효가 인간관계의 근본이라는 전제가 가능하다.

부모가 되어 보지 않은 사람의 마음을 흔히 생속이라 한다. 눈에 비치는 세상 모두가 사랑과 보살핌, 이해의 대상이라는 것을 부모의 마음이 되지 않고서는 깨닫지 못하기 때문이다.

엄마가 아프고 난 후로 돼지고기가 해로울까 봐 한참을 해 드리지 못하였고 우리들도 먹지 못했다. 쇠갈비도 아니고 청요리도 아닌 돼지고기 수육을 먹고 싶다 하시니 마음이 아프다.

언니가 금방 사 온 따뜻하고 야들야들한 수육 한 접시를

270

아무도 없는 병원 휴게실에서 세 모녀가 머리를 맞대고 먹었다. 그날, 세상에서 제일 맛있고 가슴 아픈 만찬을 즐겼다.

― 「돼지고기 수육」 중에서

송해 씨의 동상에 동갑내기라고 악수를 하며 '친구 잘 있다 오세.' 하시던 인사 말씀에 당신은 이미 저세상으로 가실 것을 예견하였습니다. 그때 우리는 서로 말은 못 하였지만 이 세상에서 함께할 시간이 얼마 남지 않았음을 알았지요.

육칠십의 딸 둘이 맘껏 재롱을 부렸지만 다시 함께할 수 없는 이 순간을 생각하니 가슴에는 하염없는 빗물이 내렸답니다.

요즘 나는 매일 엄마께 전화합니다. "지금은 전화를 받지 않습니다. 다음에 연락주시기 바랍니다." 저승에서도 뭐가 그리 바쁘실까요, 우리 엄마. 살아생전에 전화기를 두고 외출하셨으리 믿습니다.

― 「어머니에게 보내는 편지」 중에서

자식이 보호자가 되는 순리를 반포지효反哺之孝라 한다. 부모는 언젠가 다시는 되돌아올 수 없는 저생으로 가야 한다. 기회는 오직 이생에서뿐이다. 혈육이 아니고서는 공유

할 수 없는 가슴 아픈 만찬 이야기가 생생하다. 생과 사의 경계, 어머니를 저세상으로 보내고 차마 휴대전화를 해지하지 못하고 매일 다이얼링을 시도한다. 그때마다 들려오는 부재중 메시지를 들으면서 마실 가신 듯 위안을 얻는다. 이렇게라도 이승과 저승을 넘나드는 것이 어버이의 마음이다.

　"우리도 모두 새 옷 입었으니 너의 시아버지도 새 옷 입혀 절 받고 음식 드시라고 그랬지."

　지아비를 생각하는 진솔한 정이 내 마음속에 아리게 스며들었다. 평소에 무섭고 두렵기만 한 어머님의 모습과는 다르게 며느리 앞에서 여린 속내를 보이셨다.

　어머님은 아버님과 결혼하여 이십여 년 함께 사는 동안 사 남매를 낳아 키우셨고 오십 년을 지극정성으로 당신의 남편 제사를 모신 분이셨다. 구순을 사시며 몇 년 앞에 아들 둘을 가슴에 묻어야 하는 구철초 같은 여자의 일생을 보내셨다. 다행히 무서리에 병충해 없이 꽃을 피우는 구절초를 닮아 말년에는 병고 없이 바람에 꽃잎 떨어지듯 곱게 가셨다.

　섣달 산소에 들러 누런 잔디를 보면 그날 넋이 나간 어머님의 한탄조가 내 목에 걸린다. 아버님이 계시지 않는 것을 며느리에게 미안해하셨듯이, 세월 속에 나도 홀로 시어머니가 되었다.

— 「무명한복」 중에서

세월만큼 무정하고 잔인한 것이 또 있을까. 머물러주지 않는다. 결혼 후 시부의 산소에 첫인사를 간 날, 준비해 간 예단 한복을 시어머니가 불에 사르다가 산에 불을 내어 혼이 났던 이야기이다. 생사를 갈라놓는 엄연한 경계를 두고도 마치 살아생전처럼 애틋한 부부의 연을 느끼게 한다. 한 세대가 물러간 그 자리에 작가가 바통을 이어받은 것처럼 가슴 짠한 인생의 한 단면을 재현하였다.

'그 초록' 듣기만 해도 오월의 싱그러움처럼 가슴을 설레게 한다. '그처럼'의 제주도 방언이라는 '그 초록'은 제주도 월정리 해변가에 위치한 작은 카페 이름이다. 카페의 통 유리창 밖은 고운 해안선을 따라 까만 돌무덤이 정겹게 포개져 업은 듯, 안은 듯 서로를 품고 있다. 느낌이 좋은 곳은 머물고 싶은 마음도 통한다. 〈그〉는 과거의 대상이 좋거나 선망의 대상처럼 느껴져 내 마음에 좋은 이미지로 다가온다.

발문-장호병 273

〈중략〉

　결혼한 딸네, 아들네 모두 부모가 되고 아이들과 많은 시간을 함께 보내는 것이 무척 고맙고 믿음직스럽다.

　소중한 존재로 선하게 살아가도록 기도하며 〈그 초록〉 좋은 그림자를 남기고 싶다.

—「그 초록을 다시 만나고 싶다」 중에서

　초록이라는 말에는 설렘이 있다. 코로나가 뜸한 틈을 타 제주도에서 가족 모임을 가졌다. '그처럼'이라는 뜻의 제주도 방언인 '그 초록'에서 작가는 과거를 소환하는 '그'라는 인연에 주목하여 표제작으로 삼는다. "인고의 세월, 짠물을 품고 서로 부둥켜안은, 거친 바위틈에 심장을 묻은 풀들이 파란 잎을 키워내는 생명력"에서 우연한 존재끼리 맺은 부부가 천륜을 만들어 가는 가족이라는 숭고한 인연관이 이 작품집을 관통하고 있다.

　글 속에 무엇을 담았든 거기에는 곽명옥 작가가 '어버이처럼 살핌'이라는 렌즈를 통과한 세계관으로 귀결한다. 상선약수와 같은!

■ 人間市場인간시장

서문시장은 상품이 유통되는 현장이기도 하지만 온갖 가치관을 가진 치열한 삶과 마주하게 되는 인간시장이다. 어떤 눈으로 사람을 만나느냐에 따라 그 대상의 인물값이 정해진다. 그 렌즈는 오로지 자신의 몫이다.

"명命을 짧게 타고났구먼. 많이 베풀고 퍼 주어라."

거침없이 내뱉는 이 말이 그녀에게 들은 첫말이다. 그러고는 생년월일과 태어난 시를 물었다.

"날에 시에 천기 천복이 들었다. 치마를 둘러 여자지, 이리 덮고, 저리 덮어 이해심 많고, 재물 고방은 커서 돈 걱정은 않겠다."

〈중략〉

나의 속내를 빤히 들여다보기라도 하듯이 멸치가 떨어질 때쯤이면 들러서 "명을 이어가는 모습이 보기 좋다."는 소리에 저절로 정이 들어버렸다. 이십 년의 세월이 훌쩍 지나자 나의 명은 명주실꾸리처럼 길어졌다며, 이제는 걱정하지 말라고 하였다.

시장에 처음 점포를 내었을 때 얼마나 수줍고 어색하였겠는가. 뜨내기 멸치장수 노파가 천기를 어찌 알랴. 어리숙한 초면의 새댁에게 멸치 한 포대를 팔기 위한 말이었는지도 모른다. 뜬금없는 그 말을 가슴에 좌우명처럼 새긴 것은 몸에 밴 보살핌의 어버이 마음이었으리라. 그리고 세상에 눈과 귀를 열기 시작했다.

몇 년 전 지금의 가게에 느닷없이 멸치 할매가 찾아왔다. 발바닥이 다 닳은 세월 속에 병색이 역력해 보였다.

회갑 때 그 많은 한복가게 중에 유일하게 내가 선물해준 한복 한 벌을 잊을 수 없다고 했다. 구순을 앞둔 그녀도 검은 얼굴에 저승꽃이 활짝 피어 노쇠하였지만 신명神命이 다할 때까지 업을 닦고 가겠단다.

세상에는 공짜가 없다. 그리고 선한 끝은 있다. "당신은 그동안 좋은 일 많이 하고 마음 잘 닦은 공덕으로 명을 잘 이어 놓았다."며 내 손을 잡아 주었다. 그리고 내게 미역 한 통을 주었다. 이것은 선물이라며 돈을 절대로 받지 않겠다고 한사코 손사래를 쳤다.

그날 멸치 할매는 내게 인연이라는 마음을 주고 얼룩무늬 치맛자락을 팔랑이며 황혼 속으로 사라졌다.

—「멸치 할매」 중에서

몸소 부딪히거나 큰 희생을 치르고서야 깨우치는 이가 있는가 하면, 나뭇잎에 이는 바람에서도 세상 이치를 깨닫는 이가 있다.

그 치열한 삶의 현장인 시장터에서는 사람이 나빠서라기보다 돈이, 현실이 사람을 배신하는 일이 흔하다. 돈을 떼이기도 하였을 것이다. 또 기부의 손길도 자주 찾아왔을 것이다. 그 노파가 뱉은 천기를 믿었든 믿지 않았든 살핌의 미덕으로 명이 짧다는 그 말에도 그는 웃어넘길 수 있었다.

부처님은 가끔 신통력을 발휘하여 우리 인간들 앞에 나타난다. 무심한 우리가 수많은 이해관계 속의 하찮은 존재로 치부할 뿐이다.

나눔과 베풂이 삶의 일부가 되었음을 확인하고 황혼 속으로 사라져간 그 노파. 평범한 이웃 속 한 사람으로 나타나 가끔씩 삶의 지혜를 일깨워 준 그는 작가가 마주한 현신불이었을 수도 있다.

눈앞 사람이 나를 깨우치기 위해 나타난 부처인가, 넘어야 할 경쟁자인가, 관점에 따라 내가 사람을 대하는 태도는 달라질 것이다. 사람은 현신불이라는 등식이 곽 작가의 무의식 속에 자리하고 있는지도 모른다.

어버이의 마음으로 세상을 살피는 삶의 자세 덕분에 작가는 사업에서도 성공할 수 있었고, 또 봉사단체에서 활발한 활동을 펼 수 있었다.

■淡水之交담수지교

"뭐라고요? 누구 팔이 끊겼다고요?"

남편이 다급하게 질러댄 소리에 식구들이 모두 깨어났다.

"가위가, 가위가 그렇게 해 버렸어요."

나는 낚아채듯 전화기를 받아 들었다. 그녀의 울음 섞인 목소리는 완전히 혼이 빠져 있었다. 내일 아침에 입을 혼주의 옷을 만들다가 재봉틀 위에 잠시 엎드려 잠이 들었는데, 혼미한 정신으로 고개를 들어 앞에 놓인 가위를 잡고 마름질하던 저고리의 소매를 싹둑싹둑 잘라버렸단다. 순간 정신이 든 아줌마는 경악했다. 실수로 소매 한 판이 두 동강이 나 버렸다. 신속한 대처를 위해 나에게 전화를 한 것이다.

〈중략〉

그녀는 내게 없어서는 아니 될 고마운 사람이다. 내가 잠자고 있는 동안 밤을 새며 책임을 완수하는 성실한 바느질

의 달인이었다. 가져온 원단을 보며 궁리 끝에 같은 천으로
바이어스를 곱게 접어 한 줄 더 잘라서 주름장식으로 박음
질을 하기로 하였다.

— 「팔을 끊어버렸어요」 중에서

한복은 요즘 대부분 인륜지대사의 출발인 결혼식에서 새
옷으로 갖추어 입는다. 순수와 성스러움의 기도가 담긴다.
내일 결혼식에 내보내야 할 예복의 마감 작업 중에 사고가
난 것이다. 낭패 앞에서 당황하여 버럭 화를 냈을 법하지만
그는 평정심을 찾아 응급처치를 하여 오히려 행사 후 찬사
를 듣는다.

곽명옥 작가는, 사람은 물론 사물과의 인연도 소중히 여
긴다. 타고난 천성이다. 새집에 이사하면 묵은 가구는 처분
하는 것이 오늘날 흔한 풍경이련만 작가는 쉽게 물건을 버
리지 못한다. 아까워서가 아니다. 묻혀둔 손때와 눈길로 익
은 인연 때문이리라.

아파트에 이사한 첫날밤, 안방에서 너와 함께했지. 우리
부부는 아들, 딸 가운데 눕히고 조금씩 이루며 사는 '행복'

이란 단어를 맛보았단다. 마치 새 식구를 맞아들인 것같이 설레는 마음이라 할까. 전깃불을 껐지만 잠이 오지 않아 커튼을 걷어 젖혔지. 만개한 벚꽃과 가로등에 비친 불빛이 방 안으로 들어와 너는 물결처럼 출렁거렸다. 이사하느라 피곤에 지친 아이들과 남편은 곤히 잠들었지만 나만 잠 못 이루고 너의 몸체를 쓸어준 내 사랑 너도 알겠지. 그 이후 여러 번 이사를 하였지만 너는 지금도 안방을 지키고 있으니 말이다.

—「행복한 동거」중에서

곽 작가는 한복 사업으로 일가를 이루었다. 이문을 남겨야 하는 교환가치보다는 전통을 오늘에 이으려는 사명감이 언제나 바탕이 되었다. 아래 글에서는 재고를 처리해야 하는 고심을 엿볼 수 있다. 다행히 조선족 동포에 의해 북녘땅으로 가게 될 한복들을 시집보내는 어버이의 심정으로 잘 표현하고 있다. 이런 마음을 살피건대 곽 작가는 한복을 돈으로 교환되는 상품이 아니라 하나하나 혼을 불어넣은 작품으로 만들고 있었다는 것을 알 수 있다.

이제 세상 나들이를 채비하는 너희들의 숫자를 세는 내

손길이 매우 조심스럽다. 한때 나의 열정과 애환으로 만들어진 소중한 새끼들이었지만 제때 처분하지 못한 손실과 고충도 만만치 않다. 하지만 그곳에서나마 꿈을 펼치고 소임을 다할 수 있도록 더 깨끗이 손질하여 보내고 싶다. 오늘 치르는 값의 무게에는 흔쾌히 마음을 비웠다. 오히려 덤으로 더 주려고 한다. 아직 우리가 마음대로 드나들 수 없는 국경을 넘어가는 너희가 무척 애처롭기 때문이다.

'재고'라는 이름을 떨치고 어느 여인네의 꽃이 되어 사랑을 듬뿍 받을 그곳도 우리 민족의 땅이니 그나마 다행인가 싶다.

어여쁜 꽃으로 다시 태어날 너를 생각하며 나는 엄마가 된다.

─「누구의 꽃으로 피어나길」 중에서

산유국 두바이를 여행하면서 우리의 탈원전 정책을 염려한다. 물론 여기에는 시사랑회의 고문을 맡았던 장인순 박사와의 인연도 한몫을 하였을 것이다. 에너지에 관한 한 백년, 천년을 내다보는 정책을 펴야 하리라. 탈원전 정책이 바람직한지 문제를 제기하는, ≪자유마당≫에 기고한 글이다.

세계에 우뚝 서는 나라의 영광이 영원하길 기원하는 것은 이 땅에서 동시대를 살아가는 우리들의 사명이 아닌가.

　　탈원전 논란이 끊임없이 사회문제가 되고 있다. 장인순 한국원자력연구소 명예소장은 "21세기 불가사의가 있다면 산유국이 원전을 설치하는 것과 우리나라의 탈원전 정책"이라고 말하기까지 했다. 천연 에너지 한 방울 나오지 않는 대한민국, 그런 우리가 언제부터 전깃불을 마음대로 밝혔는가? 에어컨만 켜도 전기 차단기가 내려가 버렸던 때가 있었다. 가난의 굴레를 벗어나려는 열망으로 우리의 과학도들은 가장 짧은 기간에 열악한 환경 속에서 원자력을 개발하여, 세계 최고의 기술을 자랑한다.

ー「두바이 여행을 기억하며」 중에서

■光風霽月 광풍제월

　　그런 행복으로 나의 하늘은 높았고 땅은 넓었다. 그와 함께한 날들이 내 삶에 제일 진한 색채로 남아 있기에 내 상념에는 항상 그가 함께 묻어 있다. 꿈에 그리던 사옥을 짓고 그이는 한 층 전체를 음악실로 꾸미고, 갖고 싶어 하던 그랜드 피아노도 들여 놓았다. 그는 몇 밤을 늦게까지 악기를 정리하여 진열하고 사옥 오픈식도 하였다. 그날 아침부터 태풍 같은 비가 왔지만 집 전체가 화환으로 가득하였고, 축하 분위기는 밤늦도록 출렁거렸다.

목련꽃을 피우기 위해 겨우내 뿌리는 언 땅에 물을 끌어올리고 가지는 추운 겨울을 버텨 피웠지만 목련꽃은 그리도 빨리 져 버렸다.

—「목련꽃에 젖다」중에서

'이런 날, 비는 왜?'

한 움큼 쥐었던 모래가 모두 흘러내린 빈손뿐임을 느꼈다. 허기보다 더 무서운 허전함이 온몸으로 엄습해 오며 나도 모르게 눈물이 쏟아졌다. 길옆에 차를 세우고 엉엉 울었다. 내 몸 어디에서 그런 많은 눈물이 고여 있었을까. 그것은 눈물보다 진한 이별의 절규였다고 할까.

—「그날의 스케치」중에서

세상을 품는 살핌의 자세로 치열하지만 마음 졸이지 않고 살아왔어도 지나온 삶은 언제나 동동걸음이었다. 언제나 성취는 현재진행형의 느림보 걸음이었건만 뒤돌아보니 인생길은 지름길이었더라는 노철학자의 의미심장한 말을 떠올린다. 부창부수, 찰떡궁합이던 김하조 선생이 이생의 끈을 내려놓았다. 작가의 넓은 치마폭도 사실은 지아비의 우산이 있었기에 가능했으리라. 유명을 달리하더라도 산 자들이 잊지 않는다면 그는 영원히 살아있는 것이다. 작가의 마음속 목련은 결코 지는 법이 없으리라.

추억하자면 내외분은 주돈이周敦頤의 인품처럼 맑은 날의 바람과 비 갠 날의 달처럼 고상하고 마음은 항상 대범하였다.

■로그아웃

길눈이 어두운 나는 늦게 선택한 수필의 바다에서 아직도 헤매고 있다. 처음부터 문학을 전공한 것도 아니고, 글재주가 있어 뛰어든 것도 아니다. 그래도 마음을 기울인 게 있다면 이십여 년 전, 낙서하듯 써 놓은 〈어머니 사랑〉이란 글에 남편이 곡을 붙여 가곡으로 완성시켰다. 쑥스럽기도 했지만 그런 남편이 자랑스러웠다. 그 노래는 그해의 KBS방송 10대 가곡에 선정되는 영광을 안았다. 남편이 준 사랑의 힘은 문학을 향한 씨앗이 되어 내 가슴 한곳에 싹을 틔우기 시작했다.

— 「케치칸의 연어」 중에서

남편이 심어준 문학의 씨앗이 발아하여 글 세상에 나오게 되었다. 연어가 모천인 케치칸의 물살을 거슬러 오르듯 곽 작가는 반짝이는 은유와 의미를 찾아 글바다를 힘차게 유영할 것이다.

곽명옥 작가의 문학세계를 관통하는 중심사유는 '살핌'이다.

중국의 오래된 신화집인 『산해경山海經』에 등장하는 제강帝江은 자루처럼 생긴 몸매에 얼굴이 없는 혼돈의 신이다. 그래도 여섯 개의 다리와 네 개의 날개로 노래에 맞추어 덩실덩실 춤을 추었다.

만날 때마다 남해를 다스리던 숙儵과 북해를 다스리던 홀忽을 후하게 대접하였다. 그 보답으로 숙과 홀이 친구 제강에게 이목구비 일곱 구멍을 뚫어주기로 한다. 하루에 한 구멍씩, 마지막 일곱째 구멍이 뚫리는 순간 제강은 죽고 말았다.

노래와 춤에는 이목구비로 해석할 수 없는 정교하고도 근원적인 이치가 들어있다. 혼돈은 밝혀야 할 그 무엇이긴 하지만 대상을 볼 때 내 눈에만 의존하면 일을 그르치기 쉽다.

비록 호의일지라도 이목구비에 의한 판단이 완벽하지 못할 수 있다는 것을 보여준다.

눈앞 사람이 부처일지도 모른다. '네 눈'으로 본질에 닿으려는 살핌에 천착하고 있는 곽명옥 작가에게 문학은 거슬러 올라야 할 영원한 모천이 될 것이다.

'그 초록'을 꿈꾸는 독자들과의 교감이 제2, 제3의 작품집으로 이어지길 기원한다.